青春之光

温情卷
WENQING JUAN

你也可以如此优雅

一路开花 / 编

煤炭工业出版社
·北　京·

图书在版编目（CIP）数据

你也可以如此优雅：温情卷 / 一路开花编 . - - 北京：煤炭工业出版社，2018

（青春之光）

ISBN 978 - 7 - 5020 - 6614 - 7

Ⅰ. ①你⋯　Ⅱ. ①一⋯　Ⅲ. ①中国文学—当代文学—作品综合集　Ⅳ. ①I217. 1

中国版本图书馆 CIP 数据核字(2018)第 093558 号

你也可以如此优雅——温情卷（青春之光）

编　　者　一路开花
责任编辑　刘少辉
封面设计　宋双成

出版发行　煤炭工业出版社（北京市朝阳区芍药居 35 号　100029）
电　　话　010 - 84657898（总编室）
010 - 64018321（发行部）　010 - 84657880（读者服务部）
电子信箱　cciph612@ 126. com
网　　址　www. cciph. com. cn
印　　刷　北京欣睿虹彩印刷有限公司
经　　销　全国新华书店

开　　本　880mm × 1230mm $^{1}/_{32}$　**印张**　9　**字数**　240 千字
版　　次　2018 年 6 月第 1 版　2018 年 6 月第 1 次印刷
社内编号　20180304　　　　**定价**　36. 00 元

CONTENTS
目録

第一辑

对生活说“真好”

在这个物质一路奔跑、精神跟进乏力的年代，每每听到“无聊”“没劲”“漂泊”等浮躁颓废的话语从一个个面容惨白的人口中迸出时，我都会一脸喜色地在心里对自己说：“平生能够遇到一位把‘真好呀’作为口头禅的同伴实在是真好呀！”对生活说“真好”，如果一定要在前面加上一个期限，我希望在尘世行走的每一个人亮出的答案都是相同的两个字——永远！

第二辑

我并不要刻意感动谁

他并不想去刻意感动谁，只是要追求自己的一份快乐与幸福，可就有千千万万的人被他感动，人们愿意聚集在他的身边。一个以助人为幸福的人，与其说是一种境界，毋宁说是找到了一处精神高地，也许他不想标榜什么，可大家分明已看到了一面指引着人们通向人生快乐幸福的旗帜在自己心中高高飘扬……

第三辑

把美丽移进心里

这就是为何有些人，不管变得多么衰老，依然不失他们美丽的原因了，原来，他们将美丽从脸上移进了心里。有一颗年轻美丽的心，远比年轻美丽的容貌重要，只要人人心存美丽，世界也就会变得更美丽。

第四辑

给别人爱的清凉

一个人是无法改变爱的本质的，一定要让心灵多一些与人为善的空间。爱是付出而不是期盼，爱是问询而不是强求，爱是既站在自己的角度，也更多地站在他人的立场为别人着想。如此，你自己也能有更多快乐与幸福的空间。

第五辑

最好的感恩是传递温暖

不知不觉，一年又过去了，他已记不清接待了多少香客，反正他去四方化缘时，几乎没有施主不认识他的，都说悟静师傅是一位了不起的大师，要不了几年，也许就会成为世人尽知的一名高僧了。想想我们的人生，不也是在修行吗？只有在帮助他人中，自己的境界才能真正得到升华，在成为他人的一块“垫脚石”时，也让自己具有了一块美德的基石。

第六辑

青春楼阁正斜阳

我依旧收听马蓝风的节目，依旧从9∶30等待他的声音。只是，我心里再也没有当初的风暴。因为我知道，他的心很瘦很瘦，已经住不进另外一个人了。院子里的雏菊又开了，青色的石板空了出来。夕阳普照楼阁，流云洒满天际。我握着棕色的毛笔站在三楼的阳台上，听到有一股名叫青春的风，无怨无悔地吹开了明天的日记。

第一辑

对生活说“真好”

在这个物质一路奔跑、精神跟进乏力的年代，每每听到“无聊”“没劲”“漂泊”等浮躁颓废的话语从一个个面容惨白的人口中迸出时，我都会一脸喜色地在心里对自己说：“平生能够遇到一位把‘真好呀’作为口头禅的同伴实在是真好呀！”对生活说“真好”，如果一定要在前面加上一个期限，我希望在尘世行走的每一个人亮出的答案都是相同的两个字——永远！

祖母的季节

文/苏　童

白头老母遮门啼，挽断衫袖留不止。

——韩愈

挂在门楣上的粽叶已经变成了灰褐色。风飒飒地吹着那捆粽叶，很像是雨声。真的下雨了，雨丝白茫茫地扫过村弄，在我家门前织起一张网，那捆粽叶又沙沙地响起来，像是风声了。祖母坐在门槛上，注视着檐下的雨水像小瀑布一样跌落下来，汇在石硌路上，匆匆忙忙地流走了。

很早以前祖母就聋了，但是那个秋天她说她什么都听见了。每天早晨她被雨声和潮声惊醒，便对灶边烧火的母亲说："凤英子，今天我要走了。"

但次年初夏时节，祖母还坐在后门空地上包粽子呢。用一只洗澡的大木盆装满了清水，浸泡着刚从湖边苇地里劈下的青粽叶，我家屋前屋后都是那股凉凉的清香味。我走过去把手伸进木盆，挨祖母骂了，她不让人把码齐的青粽叶搞乱了。我们白羊湖一带的人都包的"小脚粽"，大概算世界上最好看最好吃的粽子。祖母把雪白的糯米盛在四张粽叶里，窝成一只小脚的形状来，塞紧包好，扎上红红绿绿的花线。有一只粽子挂到我的脖子上，我低头朝那只粽子左看右看，发现祖母包的粽子一年比一年大，挂着香喷喷、沉甸甸的。

去年端午节前后，祖母坐在后门空地上不停地包粽子，几乎堆成了一座粽子山。没有人去劝阻她，祖母年近古稀但并不糊涂，直到去世都没干过一件糊涂事。

“小蛇儿从前最能吃粽子，一顿能吃八个。”有一天村西的老寿爷踱过我家门前，看见了门楣上一捆捆的粽叶，这样对我父母说。

父母一个编竹篓，一个劈柴，他们对老寿爷笑着，没有说什么。

我祖父也死于秋天。死于异乡异地一个叫石码头的地方，许多年了村里人还是喊我祖母“小蛇儿家里的”。

有一年老寿爷跟着贩米船溯水而上，来到湖北一个码头上，遇见了我祖父。他正在码头的石阶上为一个瞎女人操琴卖唱，在异乡见到村里的熟人，祖父并不激动。他抛下瞎女人和围观的人群，跟着老寿爷上了贩米船。他帮着村里人把船上的米袋卸完，拉着老寿爷进了一家小酒店，就是那次我祖父酒后还吃了八只粽子。

“你回去吧，你儿子会满村跑了。”老寿爷说。

“不回去。”祖父喝白干喝得满脸通红，摇着头说，“出来了就不回去了。”后来祖父把他的二胡交给贩米船上的人带回家，大家都站在东去的船上向他挥手，看见祖父一动不动站在岸边一块突出的石头上，身边滚动着浓浓的晨雾。那地方多雾，直到现在我们家房梁上还挂着祖父留下的二胡。

从我记事起，那把二胡就一直高高地挂在一家人的头顶上。我不知道祖母为什么要把它挂得那么高，谁也摸不着。有时候仰视房顶看见那把二胡，会觉得祖父就在蛇皮琴筒里审视他从前的家。有一年过年前，我母亲架了把梯子在老屋的房顶四周掸灰尘。她想找块布把那把二胡擦一擦，但是猛地听见下面祖母惊恐的喊声：“凤英子，你不要动它。”

“我把它擦擦干净。”母亲回过头来说。

“不要擦。”祖母固执地说，她盯着我母亲的手，眼神里有一种难言的痛苦。母亲低头想了想，下来了，从此再没去碰过房梁上的二胡。那把二胡灰蒙蒙的，凝固在空中。

去年秋天不是好季节，那没完没了的雨就下得不寻常。我祖母坐在门槛上凝视门楣上的旧粽叶，那些粽叶在风雨中摇摇晃晃。祖母仿佛意识到了什么，她向每一个走过家门的村里人微笑，目光里也飘满了连绵的雨丝。从白羊湖的黄沙滩传来了潮声，她在那阵潮声中不安起来，屏息静气，枯黄的脸上泛起了不祥的潮红。

“活不过这个冬天了。”

我听见父亲对母亲说，母亲对串门的亲戚说，串门的亲戚也这么说。那天父母去田里收山芋了，雨还在下，门前的石硌路上静静的，半天没有人经过。我看见祖母倚着木板门闭上眼睛，脸上的表情神秘而悠远。我过去轻轻摇了一下她瘦弱的身子，她没动，我紧张地喘着粗气，突然她微笑了，眼睛却仍然紧闭着。“我没死，你这个傻孩子。”她说。

就是那个下雨的午后，祖母第一次让我去把房梁上的二胡取下来。就像过去让我到后门菜园拔小葱一样，可是我在梯子上向那把二胡靠近时，心止不住狂跳起来。多年的灰尘拂掉后，祖父留下的二胡被我抱在胸前，二胡在雨天的幽暗里泛出一种少见的红光来。我的手心很热，沁出汗水，总感到二胡的蛇皮筒里也是热的，有个小精灵在作怪。我没见过这种紫擅木二胡，琴筒那么大，蛇皮应该是蟒蛇的。摸摸两根琴柱，琴柱翘翘的，像水塘里结实的水牛角。我神色恍惚，听见祖母沉重的鼻息声围绕在四周，此时窗外的雨还在下。“刚才你看见他的脸了吗?”祖母问我。她的脸上浮起了少女才有的红晕，神情仍然是悠然而神秘的，我摇头。也许在我伸手摘取那把二胡的时候，祖父的脸曾浮现在房梁下的一片幽暗之中。但我没有发现，我没有看见我的祖父。“你这个傻孩子，我死了二胡就是你的了。”祖母说，她闭着眼睛回忆着什么，脸上的红晕越来越深，“那老鬼天天跑到我梦里来拉琴，拉得好听着呢。”

突然有一个瞬间我感到紫擅木二胡在怀里躁动，听到了一阵陌生的琴声从蛇皮琴筒里涌出来，越过我和祖母的头顶，在茫茫的雨雾里穿行。我抓住了马尾琴弓，琴弓挺轻的，但是似乎有股力要把我的手弹回来。我的手支持不住了，突然感到从未有过的慌乱。“你这个傻孩子，你怎么不拉呢。”祖母焦灼起来，她猛地睁开眼睛，带着痛苦的神色凝视那把二胡。我看见祖母苍老的面容映在紫檀木上，雨斜斜地飘过门前。雨声中传来了村里人杂沓的脚步声，他们收山芋回来了，我父母亲满腿泥泞出现在门前。紫檀木二胡泛出的红光晃了他们的眼睛，父亲和母亲一个站在门里，一个扶着门框，奇怪地看着我和祖母。

二胡还倚在我的胸上，我终于没有拉响祖父留下的二胡。那是我祖母逝去前几天的事，后来村里人知道了这事，都说我不懂事，说我那天无论如何都要让祖母听听那把二胡的声音。我很难受，因为我不会拉二胡。

秋天下最后一场大雨的时候，我母亲从箱子里找出了祖母的老衣，那是我祖母几年前自己缝的，颜色像太阳一样又红又亮。我见过村里几个死去的老人，他们身上最后一件衣服都挑选了鲜亮的颜色，那大概是有道理的。母亲把红色的老衣挂在她房里，光线黯淡的房间便充满了强烈的红光，母亲说是为了镇邪。红颜色能镇邪，后来我母亲打开了祖母常年锁着的一只黑漆木盒，木盒里空空的，我母亲眼里闪过一丝慌乱，急忙走到后门去。

“没有了。”母亲对编竹篓的父亲说。

“什么没有了？”“那块金锁。”母亲说，“我嫁过来的时候她给我看过的。又不想要她的，她干什么藏起来呢？”

我父亲沉默了一阵子，来到祖母身边，轻轻地把她从昏睡中唤醒。“娘，你的金锁呢？”

“没了，早没了。”祖母那会儿依然清醒，她定定地看着父亲的脸。“娘，我们不要，让你老带走的。”母亲说。“我不带走，死了还带金锁干什么？”祖母说完真切地微笑了一下，那是她一辈子最后一次微笑，笑得那样神秘，让人永远难忘。我父母亲凝视着她布满皱纹和老人斑的面容，愣怔了半天，等着她告诉什么。但是祖母闭上眼睛了，不再说话，微笑也渐渐消退。父亲站在那儿，忽然浑身不可遏止地颤抖起来，他朝母亲背上推了一把，沙哑着嗓子说：“走吧。”

他们两个踮着脚尖，轻轻地离开，祖母在连绵不绝的雨声中继续着她的梦境。我祖母清贫了一辈子，没有留给家里任何值钱的物件，连唯一的金锁也莫名其妙地失踪了。只有一捆一捆的旧粽叶还挂在我家的门楣上，沙沙沙地响。

在长长的秋天里，我在祖母留下的旧粽叶下面出出进进，总能闻到白羊湖边芦苇的清香，春天那个祖母的季节就浸润着这股清香。我料定在每年的端午节，祖母还会将温暖的手伸向我，在我的脖颈挂上那只用红线扎紧的“小脚粽”。我挂着这只粽子跨出家门，走过村弄，在白羊湖一带燕子样掠过。走过春天走过秋天，即使在白羊湖外面的世界里，祖母的粽子也会留下永恒的清香。祖母的坟在白羊湖边，坟上长着一株娇黄的迎春，没有青草，青草还没有长出来。

清明去扫墓的时候，母亲带着锡箔和纸钱，我拿着一株迎春，父亲却在臂弯里挟着祖父留下的那把二胡。一开始我就觉出气氛的异样，一路上，我不时用眼光询问父亲，却不敢开口。父亲走在野草及膝的湖边小路上，经常仰起头，望一望四月里晴朗湛蓝的天空，神情肃穆而阴郁。事情发生在祭坟以后，那会儿坟上的纸钱还没燃尽，湖风吹过时纸钱带着火星纷纷扬扬地飞起来，好像凌空飞舞的黑蝴蝶。我看见父亲慢慢地朝祖母的坟头跪下去，把那把紫檀木二胡放在坟头上，坟上的火光猛地黯淡了一下，随之又蹿出一群枫叶般的火苗来。

我祖父的紫擅木二胡被点燃了。

我又茫然又恐惧地注视着躺在火焰里的二胡，注视着父亲被火光映红的肃穆的脸，他那双眼睛里此刻充满了紫檀木二胡奇怪的影子。我一下子忆起了多年来父亲仰视房梁的目光，那种我无法理解的目光，和祖父留下的二胡纠缠了多少年啊。

但是为什么要烧掉祖父的二胡？为什么要烧掉祖父留下的二胡呢？父亲仍然跪在坟前。母亲脸上有一种如释重负的神情，眼里却涌出泪水。我祖母在坟下，她在无底的黑暗里应该看见这枫叶般的火焰了。湖风从芦苇丛中穿出来，在空荡荡的滩地东碰西碰，我们面前的火焰久久不熄。在一片寂静中，我们听见了那把二胡在火苗的吞噬下发出一阵沉闷的轰鸣，似乎有什么活物在琴筒里狠狠地撞击着。“是你爹的声音吗？”母亲的声音打着颤。“不，是娘的声音。”父亲庄严地回答。

当蛇皮琴筒发出清脆的开裂声时，我先看见了从琴筒里滚出来的金光闪闪的东西。那东西渡过火堆，渡过父母亲的身边，落在我的脚下，那是我祖母的金锁。

直到现在，我还无法解释家里发生的好多事。我告诉你们了，我的老家在白羊湖边的一个村子里，老家还有父亲和母亲，他们住着祖先传下来的两间瓦房。我祖母已经故去，祖父在很早很早以前就不在家了。

载于《读者》

心灰意冷时，亲情是那给人以希望的梅花，看到它，一睹破万难；心烦意乱时，亲情是那释愁的一杯烈酒，喝下它，一醉解千愁；心满意足时，亲情是那催人奋进的号角，听见它，一声震百里。这就是亲情，无论何时，无论何地，她都将永远陪伴着你。

没有一朵花会错过春天

文/阮小青

生活就像海洋，只有意志坚强的人，才能到达彼岸。

——马克思

她在上交的作文里这样写道："从来没有人注意过我。我的生，我的死，都与这个薄凉的世界无关。"

没有人能明白，在这颗幼小的心灵中，为何会溢满那么多不可明状的哀伤和绝望。当然，她的老师也一样。

那是一位年过半百的老头，言语不多，虽教学经验极为丰富，但这一刻，却不懂得如何与这位年龄相差将近四十岁的女孩儿倾心交流，去告诉她该如何面对生活中的悲苦。

他在陈旧的教案本背面上打了很多遍草稿，把明日要说的话，一一罗列出来，整理，像研究一部旷世巨著。尽管如此，他还是觉得语言苍白无力，软弱得像阴天里的清冷雨丝。

春天的阳光依旧透过窗台，照耀在每个孩子纯真的小脸上。所有人中，她离窗台最近，可还是心如冰冻。她没有朋友，没有疼她爱她的母亲，就连唯一对她稍好的、可依靠的外婆，都在前些日子里病故了。

她的生活一片狼藉。有同学说，她暂住了孤儿院，所有的费用都由政府承担。她得继续生活下去，得为远去的母亲和外婆坚强地活着。可有什么理由，让她继续下去呢？那一点本可能寄托的温暖，就这么无情地离她而去了，她还有什么理由再相信温暖？

他站在宽阔的讲台上，以最平和的语调讲完了课，宣布下午外出游玩。所有的孩子都欢呼不已，只有她，静静地眯眼歪靠在窗台上，对着窗外的野花发呆。

所有的孩子都有自己的朋友，一起游戏，分享自己的快乐。她坐在绿草之中，看着天际不断变换的流云，怒放的花朵，簌簌地落起泪来。

他穿过操场，气喘吁吁地来到她的身前。她侧脸抹泪后，镇定地叫道：“老师好！”

“怎么不和同学一起玩呢？”他一边喘气，一边问着。

“老师，我和他们不一样，他们有值得快乐和幸福的理由，而我没有。”

他捋了捋花白的头发，拉着她的手，走进花园深处。顿时，一阵沁人心脾的芳香从远处缓缓涌来，包围了她前行的路。他问：“这些花，你认识多少？”

“大都认识。譬如，那是迎春，那是瑞香，那是玉兰，那是……”她对这些花名如数家珍，她的外婆生前爱花，因此，自小受了熏陶。

他微微笑着，看她在盘点花名的时刻中慢慢活泼起来，显然，她在环视花朵的同时，也渐然沉浸于百花争艳的美景中。

当她气喘吁吁地将园中的鲜花点过大半时，他问了她一句：“你能把此时没开的花点出几种来吗？”

她顿时被难住了。园中之花，大大小小，不下百种，却没有一种隐藏着身形，躲避阳光。他说：“想想吧，明天告诉我，为什么它们都会竞相开放?”

当夜，她想了许久，从外婆遗留下的书中找到了答案。次日，她从季节、温度等客观存在的因素，向他解说了为何花朵都会竞相开放的原因。

那个问题之后，她回到教室，如换了一人似的。她主动和同学搭话，帮助他们解决难题，组织班里的课外活动，维持课堂秩序……

很多年后，她站上明媚的讲台，成了一名优秀的人民教师，她也带她的学生去看花，点花名。也曾问过一个忧郁的孩子，为什么花朵都会在春天竞相开放。

次日，当那个孩子急急忙忙跑来要告诉她答案之时，她将当年老师给她的那张纸片递给了那个孩子。

泛黄的纸片上，坚定地写着：“没有一朵花会错过春天。”

载于《疯狂阅读》

每个人的生命都有这样黑暗的时刻，愤怒、委屈，恨不得马上与世界决绝，后来才明白那只不过是自己放弃自己。

空出的文明

文/李兴海

土扶可城墙，积德为厚地。

——李白

听说我要去香港旅行，许多朋友给我打了便条，便条上写满了他们所需的东西。

我带着十几张便条进入了香港的超级市场。虽说香港有购物天堂的美誉，但说实话，除了超市配备的物品品种繁多之外，我确实没有感受出其他的优越性。

我的五个购物车里都装满了东西。一位年轻的服务员主动上来问我："小姐，需要帮忙吗？"我笑笑，将手里的两个购物车推滑向他，让他帮我来推。

他领着我去了收银台，一路上，我们聊得很是愉悦。结账之后，我遇到了第一个难题，这么多的东西，要如何拿到邮局进行打包邮寄呢？

这位年轻的服务员没有说话，一直把我的购物车送出收银台。很奇怪，他并没有离开的意思。他用力地推着几台笨重的购物车，领着我进入了地毯式电梯。

这类宽敞的、可将购物车直接推上去的地毯电梯，国内到处都是。我站在电梯的左边，把手搭在黑色的传输带上。

抬头一看，我的前方，是一条无人阻挡的小路。不论多么拥挤，所有人都站在电梯的右手边。我暗笑，香港人可真傻，不像大陆人那样懂得充分利用资源。

正当我发呆时，给予我帮助的那位服务员朝我使眼色了，我无法领会他的意思，只好顺着左边的电梯上前几步，与他挨近。

他问我：“小姐，您有急事吗?”我摇摇头。岂料，他竟然迅速后退，给我让出了一个右边的空位。我莫名其妙地站了过去，回头，身后是一片诧异的目光。

他将我送到了超级市场的门口，并帮我叫了一辆宽敞的出租车。临别前，我禁不住问他：“刚才你为什么不让我站左边呢？左边有那么宽敞的位置，为什么那些顾客都不去站呢？是不是你们对‘左’这个词就像大陆人对‘4’一样有所忌讳?”

他摇摇头，一本正经地告诉我：“小姐，您误会了，在香港的每个超级市场，都有一条不成文的规定，那就是地毯式电梯的左边，永远不能站人。”

“为什么不能站人?”我继续发出疑问。

当天，他对我的回答，使我终生难忘。他说：“因为那是一条紧急通道，在熙攘拥挤的超市里，难免会有顾客发生意外，或者着急办事。留出左边的一条路，完全是为了方便他们，希望他们能在第一时间里得到帮助。”

之后，我又陆续去过几家新的超级市场。结账之后，我都自觉地推车站到了电梯的右边，我始终记得那天他对我说过的话。

凝视左边那一条空出的路，我切身感受到了一座城市的温暖和蕴藏的文明。

载于《特别关注》

一座城市的发达和文明程度，取决于这座城市给予人们多大的人文尊重和便利。

八个值得感到幸福的理由

文/李苏然

最幸福的似乎是那些并无特别原因而快乐的人，他们仅仅因快乐而快乐。

——威廉姆·拉尔夫·英奇

当你尚能安然无损地捧着这段文字细细品读时，你便已经有了第一个值得感到幸福的理由。时光的长河里，每日都得淘尽多少人的青春和生命，而你，还完整地存活在这个绝美的尘世中，可以听风观雨，荡舟采莲。只要活着，一切都不会是尽头。

当你庆幸自己活着的时候，必然会追忆那些在你往事中做过短暂停留的事物。它们或许曾让你伤感，让你落泪，让你欢笑，让你惊叹，可这一切都已成为了过去。如此多的过去，都毫不遗漏地保存在你的大脑里，让你可以在任何一个孤寂的时段自疗自暖，让你可以无悔地感慨自己平淡的一生。这难道不是一个值得感到幸福的理由吗？

当你因为一家人的柴米油盐，不得不早起奔波忙碌时，我想，你有了第三个值得感到幸福的理由。那么多的人，那么浩大的城市队伍，有多少人风餐露宿，挤着人流来去却心无牵挂，不知为何。他们外表看似洒脱，其实内心溢满了无可寄托的艰辛。你虽流着汗水，却有汗水值得流的方向；你虽淌着热泪，却有被感动的地方。

当你因上段文字开始怀念在家中垂垂老去，生活几近无法自理的双亲，抑或是在学校琅琅晨读的孩子时，请你为自己鼓掌。因为，你有了第四个值得感到幸福的理由。许多成功人士，他们的家庭大都是不如人意的，不是父母分离便是命途多舛，而你，有可以孝敬的双亲，有可以疼爱的孩子，一切的人世欢愉都囊括在那座小小屋檐下，还不值得感到幸福吗？

当你抱怨这个时代的混乱，世态炎凉时，请你打开电脑细细查阅，20 世纪初，与你只相差几十年的历史。活于那个时代的人，有多少尚存于人世间？侥幸逃脱战争的生者，在他们的内心深处，又潜伏着多少道不可愈合的伤疤？那些不知名的英雄，用淋淋鲜血为你铺筑了这个可歌可泣的时代。和几十年前的兵荒马乱狼烟滚滚相比，你有什么理由不感到幸福？

当你看着荧屏上偶然出现的面黄肌瘦的非洲难民潸然落泪时，禁不住握紧了亲人的双手。或许，在某一个悄无声息的时刻，你已把口袋里原本用来买一包烟，或是取一支口红的几十块人民币捐给了慈善基金，希望他们能给远在异方的孤苦孩子们送去一个温热的面包，一壶甘冽的泉水。庆幸，你有一颗善良的心，即便它曾被某些冷漠的灵魂骂做天真，可你不也明白，这正是他们求也求不来的幸福吗？

当你抱怨父母没有给予天赋异禀时，请你去聋哑学校看看。那些注定要在无声世界中摸索一世的孩子，仍旧不厌其烦地，欣喜若狂地一遍遍练习着发声和手势。更或者，看看那些在黑暗中度过了半生的中年男女，他们对光明的渴望，对生命的虔诚，超乎你的想象。你有健全的身体作为保障，可自行走过一条条幽深的小巷，去经历一个个完整的故事，再告诉那些在苦难中摸索的人儿，让他们永不言弃，难道还有比其更具价值更让人感到幸福的理由吗？

当你看完上述文字，心存温暖地想要过好剩下的每一天，并决定把这些幸福的理由告诉周旁的每位亲朋时，我想，你有了第八个值得感到幸福的理由——快乐的无私分享。悲凄之情的传递，只会让更多人徒增伤怀。而快乐的接力，却能让一份原本单调的愉悦无限制地膨胀下去，感染到那些先前找不到任何理由去幸福的忧郁之人。

载于《语文报》

小时候，幸福——是件很简单的事；长大后，简单——是件很幸福的事。其实所谓幸福，是有一颗感恩的心，一个健康的身体，一份称心的工作，一位深爱你的爱人，和一帮值得信赖的朋友。

对生活说“真好”

文/戎装云

生活，就应当努力使之美好起来。

——列夫·托尔斯泰

或多或少，或轻或重，人都是有着自己的口头禅的。

乐观者常说，“只是一点儿毛毛雨而已”；悲观者常言，“我的天啊，这可如何好呢”；自负者常云，“他也不过如此吧”；无畏者常论，“狭路相逢勇者胜”；胆怯者常道，“多一事不如少一事”……

一句普普通通的话，在某个人的口语中出现的频率偏高时便会升格为口头禅。言为心声，在一般情况下，口头禅最能集中体现一个人的价值观念和思想境界。

我有一位同事，比我小几岁，相处时日无多就发现他说话的一个明显特点：他喜欢在谈及一件事情时在前面加上“真好呀”三个字，而且每次脸颊上一定浮起浅浅的笑意。

“真好呀，我们又可以上班了”“真好呀，我们终于下班了”“真好呀，今天可干的活儿这么多”“真好呀，今天的任务很轻松”……许多的事情，甚至是完全相反的两件事也被他冠以同样的口头禅。

事情当然不可能总好，只是加上这句“真好呀”，一件稀松平常的事也会蒙上一层理想化的色彩，一件不太好的事也会因此似乎减轻了事件本身的严肃性和严峻性。而若是一件好事，自可增强心中喜悦的振幅。同事真是一个生活的智者！

一句句“真好呀”像一阵阵清凉的风吹皱一池春水，层层美妙的涟漪就这样荡漾开去，并给旁人以沐春风般的无边惬意。境由心造，难怪他的身上总是蓄满着朝气，难怪他的办事效率总是“居高不下”，难怪他的业绩屡屡受到上司的肯定。

我们不在同室办公，每逢工作的间隙或者身心感到疲惫的时候，我常去敲他的门，只为听他那句有如天籁般清新的“真好呀”。短短的三个字，竟让一切有关人生的说教在瞬间变得黯然苍白。

回想起他往日里说口头禅时的情景，“真好呀，今天的天气多晴朗”，可我分明看到他额头上有密密的汗珠沁出；“真好呀，今天下雨了”，可我分明见到他差点儿被淋成了落汤鸡；“真好呀，要加班了”，可我分明知道他事先曾有其他的安排……他的潇洒风度和阳光气质让人钦佩。

但让我更深层次钦佩他的是缘于后来对他家境的了解。他的母亲得重症常年卧床不起，父亲在一家濒临倒闭的小厂子里上班，还有一个读大学的弟弟正需要用钱……

原来，他所说的“我又可以上（加）班了”是指又可以挣钱来支撑家庭的最低开支了；他所说的“我们终于下班了”是指又可以回家做家务照顾家人了。“一蓑烟雨任平生，也无风雨也无晴”，坚毅与达观增加的是脊梁的硬度和生命的厚度。

在逆境面前，同事是无忧无虑的乐天才子苏东坡，而不是絮絮叨叨以期博人同情的祥林嫂。他像一阵旋风一样从容地穿越人生的荆棘，而穿越之后依然保持着穿越前旋转的超逸。有了这份超逸随身，便有了超越生活苦难的能量，即便深陷孤岛危机重重，也能“弹起我心爱的土琵琶，唱起那动人的歌谣”。

细细品味，同事的对生活说“真好”断不是一种精神上的自我陶醉和麻痹，一句句“真好呀”里面还蕴含着对生活的感恩，对当下的知足，对困难的藐视，对幸福的提醒和对未来的憧憬。想来，感恩和知足盈心，困难自会退却，幸福自会到来，关于未来的愿景自会铺开，同事的境界让人仰望。

在这个物质一路奔跑、精神跟进乏力的年代，每每听到“无聊”“没劲”“漂泊”等浮躁颓废的话语从一个个面容惨白的人口中迸出时，我都会一脸喜色地在心里对自己说：“平生能够遇到一位把‘真好呀’作为口头禅的同伴实在是真好呀！”

对生活说“真好”，如果一定要在前面加上一个期限，我希望在尘世行走的每一个人亮出的答案都是相同的两个字——永远！

载于《思维与智慧》

习惯的力量在于，你坚持得久了，就真的变成了这个样子。你习惯乐观，最后你就真的成了一个主宰生活的人了。

寻找幸福泉

文/红　韵

> 人只有为自己同时代人的完善，为他们的幸福而工作，他才能达到自身的完善。
>
> ——马克思

认识一位老师傅，他在一家企业干了近三十年。

地处市中心，高楼大厦鳞次栉比，他家里住的却是已有几十年历史的老套间，家具仍是结婚时添置的那些组合家具。但生活的拮据并没有影响他的心情，每次遇到他，总见他一副乐呵呵的模样，让人感到亲切而快乐。

见过好几位跟他差不多年龄的男人，为了撑起家庭的重任，厂里厂外地打两份工，没日没夜地忙着赚钱。而他，白天在厂里工作，下了班陪老婆做做家务、散散步，或者读一些诗集。他喜欢朗诵，每晚都会抽出半个小时，激情地朗诵名家的诗词。他笑称：诗歌最能陶冶性情。

守着微薄的薪水和不赚钱的业余爱好，他悠哉悠哉地过着小日子，假日里，他不爱逛街、但喜欢旅游。兴致上来的时候，他会约上三五朋友，带几瓶饮料、几个水果，到公园的绿地上或长亭中开沙龙文艺联欢会，美美地过一把诗歌朗诵大比拼的瘾。

他就这么随性、自在地生活，在恨不得每天都赚得腰包滚圆的人眼中，他绝对谈不上成功，甚至还带上了一点游戏人生的印记。但令很多拼命养家，支付孩子高昂的特长班、培训班费用的男人眼红的是，他们夫妻俩文化都不算高，经济条件也不怎么好，孩子一直接受的是学校的常规教育，也没见他们额外给孩子买什么参考书、报什么辅导班，但他的儿子却很争气，从小到大，学习一直拔尖，后来还考上了浙江大学的研究生。

因为要录制一个反映职工热爱生活的电视节目，那天，我和同事们走近了他和他的职工朗诵沙龙。

他说，他一直觉得，人生可以没有钱、没有地位，但不能没有爱好和情趣。一个人在世界上生活，一定要有自己真正喜欢做的事，一定要有自己的兴趣和真本事，这是人生重要的幸福源泉。

一个什么兴趣也没有的人最可怜，他只能任命运摆布。相反你有自己真正喜欢做的事，不管是作为专业还是业余爱好，你能钻研进去并乐在其中，把它做到你所能做到的最好的程度，那么你的心情是快乐的，你的生活是充实的，幸福的感觉便油然而生……

的确，他的生活，因为物质上并不富有，在旁人眼中，一定有很多缺钱花的不如意；他的工作很平凡，学历也不高，晋升机遇可以说没有；企业效益不好，涨工资的概率也很渺茫。但有多少人懂得——因有朗诵这个爱好，他找到了业余生活的情趣，心灵有了另一个可以栖息的家园，乐在其中，便淡化了现实生活中的一切愁苦。

他看重精神生活胜过物质生活的个性，对家庭环境也起到了过滤世俗思想的净化作用。他们家，从不会因钱而发生争吵，他们很少购买家电和服饰，却常购进图书。闲暇时，一家人或各捧一本书静静阅读，或外出旅游，饱览大好河山。

他告诉儿子：“物质的贫瘠使人感到生存的艰难，而精神的贫瘠，则会令人觉得生命的存在毫无意义。”在这样纯净美好的环境中长大的孩子，气质自然不俗。小学、中学，成绩一路领先，高考后考进名校浙江大学，后又考取母校的研究生。

他说，儿子刚考上浙江大学那一年，有位教授在课堂上说了这么一句话：“从浙江大学毕业的学生，你们将来出去，我不担心你们物质上会匮乏，我担心的是你们在精神上不富有。”儿子跟他谈起老师这段话的时候，他很自豪——自己不是大学教授，说不出那样高屋建瓴的精辟之言，但那个道理，他是懂的，并且已让这个道理，贯穿了儿子的成长……

节目最后，录了一段他代表朗诵沙龙说给观众们的寄语，他说：“现在的社会，工作压力大，生活节奏快，人们缺乏精神生活上的投入，今年第三届‘夏青杯’朗诵比赛就是人们注重精神生活的一个反映。可以说，我和工友们建起这个职工沙龙，有那么一种找到幸福源泉的归属感。”

他的话，让我想起幼时听父亲讲过的一个故事。

传说，遥远的森林里有一个幸福泉，谁能找到幸福泉，谁就能成为世界上最幸福的人。有两个青年人，都相信这个传说，一个人觉得，世界上最幸福的事，就是赚取一辈子花不完的金钱，那人带着寻找财富的梦想上路了。一路上，遇到各种发财的机会，对像他这样有着极强金钱占有欲望的人来说，怎能错过发财的机会呢？

于是，他停下寻找幸福泉的脚步，忙着赚眼前的那点钱。得到利益后，他背着赚来的钱，开始向前行走，走着走着，又遇到赚钱的机会，他又停下了脚步，去为眼前的利益忙碌……

就这样，背负的重量越来越大，但他仍执着地背着财富往前走，一定要寻找到幸福泉。他很自私，总怕别人也找到幸福泉，分享了那里的财富，还怕与他同行的人占了他的“便宜”，贪了他的钱。所以，他从不把任何人当朋友，孤身前行，没有分享，也没有分担，终于有一天，他累死在半路上……

而另一个青年，他认为最幸福的事，就是一生精神上的富足。一路上，他只带刚够维持自己日常生活的金钱，路上赚到的钱，除了支持生活所需要的用品之外，都投入到丰富的精神生活上了。他拜师学会了拉琴、唱歌，还写得一手好字，以才艺结识了很多志同道合的良师益友，互相帮助、结伴行走在寻找幸福泉的路上。终于有一天，他和他的朋友们一起找到了幸福泉，他们都成了世界上最幸福的人……

儿时听了这样的故事，只觉得缥缈虚无，而今，眼前就有这么一个真实的例子，让我愈发深刻地理解了幸福的含义。原来，并非所有的人都与幸福有缘，对物质生活过度的追求，只会削弱你感知幸福的敏锐。因为，幸福本来就是一种精神上愉悦的感知，它只属于那些乐观开朗、重视精神生活的人。

载于《经典阅读》

我总觉得幸福就在于，去做你想做的事，追你想追的梦，爱你想爱的人。如此，就幸福了。

看看前方的路

文/一路开花

心态若改变，态度跟着改变；态度改变，习惯跟着改变；习惯改变，性格跟着改变；性格改变，人生就跟着改变。

——马斯洛

上大学时，有一个年过七旬的中文系教授经常跑到我们艺术系来玩。

老先生姓林，喜欢穿一件黑色的大风衣，他是地道的文科出身，性情并不守旧古板。他喜欢听一些比较流行的歌曲，喜欢跳快三、恰恰、探戈等节奏感强烈的交谊舞。

那时候，学校的多媒体大厅，周一到周五讲座，周六周天用来举办交谊舞会。说是交谊舞会，其实还是有差别的。为了方便彼此交流，舞会慢慢有了一种不成文的规定，周六是学生的天下，周日则是老师的天堂。

林老先生每周六晚上八点都会准时达到舞会现场。这个习惯，在我大学的四年间从来没有改变过。

直到毕业，他都在我播放周六晚上的舞会曲目中途，主动跑来跟我搭讪，渐渐地，我们慢慢熟络起来。印象中，他跟我说的最多的一句话就是："小伙子，多放点儿劲爆的音乐嘛！

大家都是年轻人。”

他每次跟我提这个建议的时候，我都笑得特别厉害。没想到一个年过七旬的老先生，还会自称年轻人，还会说“劲爆”这个当时非主流词语。

他从不参加周日的教师舞会。我很八卦地问过他到底是什么原因。他满腹牢骚地说：“和那些老头儿、老太婆跳有什么意思？一个个都慢腾腾的，没劲！”

中文系经常给他发这样那样的邀请函，他也从来不去。每次都说很忙，很忙。但只要我们系有文艺晚会之类的节目，他历来都是随传随到。偶尔，你忘了告诉他，他甚至还会生气，觉得你是在嫌弃他，不欢迎他。

他最不喜欢别人说他老。记得有一年开学庆典，主持人是个漂亮的小姑娘，特意在他上台发言之前，恭恭敬敬地附了句“下面有请我们学院的老督导林教授……”因为这句话，他不乐意了，接过麦克风就是一句:“我唯一能接受的带老的词语，就只有老师一个。”

毕业之后，我去了青岛啤酒厂工作。工资很低，不过业务提成很可观。周围的很多朋友不是考上了在编的教师，就是加入了省市级公务员的行列。我忙碌了很长时间后，仍然没有一分存款，心里很是着急。

半年后，我主动提出辞职，刚离开没几天，我就后悔了。工作难找不说，一切还得从头开始，奔波大半月，还是毫无头绪。我给他打了电话，想听听他的意见。

那是他第一次一本正经地跟我这般说话：“人生的路上嘛，偶尔总会碰上大雾天气，大雪天气，但实在没什么可怕的。大雾，大雪总是要散去的嘛。经常抬头看看前方的路，清楚自己所处的位置，清楚明天要走的方向，这才是重要的。路途坦荡的时候，不妨小跑一段，碰上荆棘挫折，也别慌乱，放慢脚步，看看沿路的风景也是好的嘛。”

这席话，我在心间记了很多年。我总觉得这才是一个智者真正的豁达情怀——不悲不喜，不惊不惧。得意时，加快脚步，看看前方的路，清楚自己的处境，不骄不躁；失意时，放慢步伐，观赏沿途美景，等待时机，蓄势待发。

载于《特别关注》

人生不满百，常怀千岁忧，昼长苦夜短，何不秉烛游。

就让我们继续与生命的慷慨与繁华相爱：即使岁月以刻薄与荒芜相欺。

爆竹人生

文/杨张光

使人做自己行为举止的最严厉的评判者的力量是什么？是良心，他成为行为和理智的捍卫者。

——苏霍姆林斯基

40 年前，木易六岁。

那年春节，小村子里格外喜庆，天上烟花闪耀，鞭炮声连连。全家嬉笑热闹，木易也特别高兴。

看着飞上天散落的烟火，木易很是羡慕；那爆竹炸开的七色火花漂亮极了，像童话里天使的裙子……

第二天，木易拿着姥姥给的压岁钱去村头的商店买爆竹，买烟花。

商店的老板是一位年过七旬的老人，慈祥极了，问：

“小家伙，你买什么？”

木易很开心地大声说：“杨爷爷，我想买爆竹玩。”

老板撇下嘴唇做出严肃的样子，郑重其事地警醒木易：

“小孩子不能玩爆竹，会伤到自己的，听到没？伤到自己就不好了，还要花钱去医院打针。”

木易有点气馁，但怕打针，便转身不再要买。

回去的路上木易看到有人玩鞭炮就对他们说：“会伤人的，

伤到了要打针，不要玩了。”

40年后，木易成了一所名牌大学的伦理学教授。

40年前，我六岁。

那年春节，小村子里格外喜庆，天上烟花闪耀，鞭炮声连连。全家嬉笑欢快，我也特别高兴。

看着飞上天散落的烟火，我很是羡慕；那爆竹炸开的七色火花漂亮极了，像童话里天使的裙子……

第二天，我拿着姥姥给的压岁钱去村头的商店买爆竹，买烟花。

商店的老板是一位年轻的阿姨，漂亮极了，问：

“小东西，你买什么？”

我很开心地大声说：“李阿姨，我想买爆竹玩。”

老板扬起嘴尖微笑着拿出一条包装精美的东西对我细细介绍：“这个爆竹最好了，能发出笛子的声音，特别好听，特别好玩。炸开的烟火五颜六色，像极了我衣服上的绣花，你看，美不美呀？”

当天，我炸伤了我的右眼，拖着满脸是血的身子被送到医院做手术。最后救回了命，但少了只眼睛。父母在我的病床前哭得昏天黑地。

40年后，我还没有媳妇儿，成了村里年纪最大的光棍儿。

载于《文苑》

孩子是祖国的花朵，是正要茁壮成长的树苗，我们应给予正确的引导和教育。而不是为了一己私利毁了一个人，因为孩子是没有明辨力的。

三句话，“爱上”九把刀

文/张嘉芮

生活就像海洋，只有意志坚强的人，才能到达彼岸。

——马克思

据说，当前最“乐活”的活法是：养最蠢的狗，交最贱的朋友，看周星驰的电影，听周杰伦的歌，看九把刀的小说。

我养过狗，朋友无论贵贱都交过，星爷的电影也看过不少，周董的歌虽然听不清他唱的是啥但也听过不少，唯独，九把刀的小说是真的没看过。甚至，连九把刀是哪路神仙我都不知道。

朋友一点我脑门子：“你呀，快 OUT 到火星上去了!”便发给我一个九把刀在北大的演讲和他的几张照片。我一看照片，切，尖头鼻子小眯眼，跟我身边的“摔锅”比起来，那是芝麻掉到西瓜里，连找他的地儿都没有。

可是在我慢慢了解这个“流里流气”的“阿飞刀”过程中，我听到了他的四句话，我觉得慢慢“爱上”了这个叫作“九把刀”的家伙。

第一句话：

“如果你非常想要成为一个作家，你每天非常认真地写作，但是同学不想看你的作品，没有地方愿意发表你的作品，放在网络上也没有人想看，出版社也没有人想帮你出版，你心里面就要想，我要继续坚持下去，总有一天，掌声会响起来！”

这个“九把刀”，从1999年一次偶然的机会把自己写的小说《恐惧炸弹》贴到网络BBS上，引来一片叫好声之后，就不断地出版小说，但可惜都卖得很不好。但他一直坚持写到今天，这些年他总共出版了近60本小说。

这种坚持，需要多大的毅力？常人难以想象。

第二句话：

“我妈得了白血病，需要很多钱治病，我不需要你预支版税，但从现在开始，只要我每写一本书，你下个月就出版，然后立刻给我一张当天就可以换到现金的支票，这样，就可以帮我渡过难关，救活我妈妈。”

这话是九把刀对出版社说的。2004年年底时，九把刀的妈妈患了血癌。九把刀哭得很伤心。妈妈的治疗费用极其庞大，九把刀虽然出版了不少小说，但都销售得不好，很快经济上快撑不住了。这时候，那家一直为九把刀出版小说的出版社伸出了援手，问他要不要预支一些版税，九把刀就说了上面这些话。出版社答应了，从2004年11月份起，他一边陪在妈妈病床边，一边用笔记本电脑写小说，玩儿命地写，他知道所写的每个字，所赚的每一分钱，都可以用来救妈妈的命。他每天规定自己必须写5000～8000字，他一个月一本小说，连续写了14部小说。

然后他鼓励妈妈要有坚强的信念，好好战胜病魔。妈妈受他的感染，非常认真地配合治疗。他连续写的第14本书名叫《妈，亲一下》，就是记录与妈妈共抗病魔的点点滴滴，他让妈妈写了序，签售会的时候还带上妈妈，妈妈因为化疗头发都掉光了，还戴了个假发和他一起高高兴兴地去了。

第三句话：

“说出来会被嘲笑的梦想，才有实现的价值，即使跌倒了，姿势也会很豪迈。”

其实每个人的内心都有一个梦想，只是绝大多数人都将自己的梦想深深藏在心里，不敢说出来，更不敢去做。为什么？怕别人嘲笑。

九把刀在2005年写过一个名叫《那些年，我们一起追过的女孩》的小说，那是他中学时代的真实故事。九把刀读中学时不仅成绩爆烂，还是捣蛋王，老师就派了一个名叫沈佳仪的女生来监督他，沈佳仪学习超好，九把刀上课一不认真沈佳仪就用圆珠笔戳他提醒。慢慢地，九把刀偷偷喜欢上了这个成绩优秀又清秀可人的女同学。为了获得沈佳仪的好感，他非常努力地学习，很快从一个后进生成了优秀生，而且考上了台湾交通大学，阴错阳差的是沈佳仪竟因发挥失利而没考上。此后又过了好多年，沈佳仪嫁作人妇，九把刀的青春爱恋终于告一段落。

九把刀写好小说之后，一直有一个梦想，要将这本小说搬上银幕，而且要自己亲自做导演，因为这个故事是他青春年代难忘的铭记。

从2005年开始，除了给妈妈治病，他就将余下的小说版税存起来，他知道拍电影是需要钱的，需要很多很多钱。

从筹拍这部电影到真正开始，他遭遇了许多嘲笑和质疑。想想似乎这些嘲笑也有道理：作为一名网络写手，九把刀完全没有拍片经验；因为制作费用实在有限，男女主角请的都是没有拍片经验的年轻人，与“明星”根本不沾边；找摄影师时连续被7位摄影师拒绝接案，最后找到一个没拍过电影的摄影师；整个团队所有人都是菜鸟……

这是一个令人跌破眼镜的组合，要说这样的组合能拍出卖座的电影，就算说破了大天恐怕也没人会相信。在电影刚开拍后，最大的投资方因为没有信心而撤资离开。

但九把刀就认准了死理儿："我打算用这些年累积下来的版税去对付这一场冒险，我买过车，买过房，但从今以后我可以说，我买过最贵的东西，是梦想！"

然而，更令无数人大跌眼镜的是：由这一群菜鸟鼓捣出来的电影《那些年，我们一起追过的女孩》，在台湾大卖4.1亿新台币，创下台湾电影史上"最快破亿"纪录，成为2011年台湾最卖座第二名。在香港，《那些年，我们一起追过的女孩》总票房达8000多万港币，进入香港电影史上华语票房前10名。

《那些年，我们一起追过的女孩》是一个格局比较小的故事，没有恢宏的场景和壮阔的画面，但却再现了每个人青春萌动时光，再现了那种既美好又欲说还休的情愫。每个人都曾有过青春，无论记忆里的青春曾经是灰暗的，还是明亮的，但底子都是萌动与羞涩的。

好了，九把刀的三句话说完了，这才想起来说说九把刀是谁。他本名柯景腾，1978年生于台湾彰化县。

"九把刀是年轻有为一代当中，最具金庸与倪匡实力的作家。"这话是《流星花园》制片人，"偶像剧之母"柴智屏说的。

这样的评价，不算低了吧。

载于《阅读与高中作文版》

那些被质疑被嘲笑的梦想，才有实现的价值。成功不是为了报复谁，也不是为了嘲笑谁，而是为了证明自己能行。

大红皮凉鞋

文/晴　月

这世界要是没有爱情，它在我们心中还会有什么意义！这就如一盏没有亮光的走马灯。

——歌德

这是女孩回忆悲惨的童年时唯一的一段美好记忆——关于荷和一个男孩。

夏日的荷塘里，成群结队的孩子们一边吃着刚采摘的莲蓬，一边嬉戏打闹着。她知道尽管她脚上穿的是皮凉鞋，是那个年代孩子们最羡慕的大红色，荷塘里的孩子也不愿和她玩，便一直孤零零地待在荷塘边安静的一角。

那个下午，荷塘里的荷花和荷叶曾唤起她太多美好的思绪。

那朵半开的粉红荷花，她认为最好看。若能放在鼻尖嗅一嗅，一定清新芳香；那张又大又新鲜的荷叶，她最喜欢，若能盖在她头上，一定能一片清凉。可怎么才能够到它们呢？后来她这样想着张望着，不由得就站了起来。

“看那个从别人锅里抢饭吃的‘拖油瓶’！”顿时，荷塘里就有个男孩叫了起来。

“拖油瓶，没人要，做个棉袄，没棉套……”起哄中，突然一个男孩把手里的莲蓬皮朝女孩扔过来。女孩很意外，她以为他们是把莲蓬扔给她，便本能地伸出了小手。可皮是很轻的，抛出去没多远便落在水面上，荷塘里便响起了一阵嘲弄的喧嚣和大笑。

"给。"正当她承受羞辱不知所措时，眼前的水面竟冒出一个人头来，接着把带着水珠的莲蓬朝她递过来，她看到莲蓬的后面那双眼睛黑亮黑亮，就像天上的星星闪着柔和的光。

"那……"她的手朝刚才吸引她的荷花荷叶指着。

"好。"男孩给她采来那支半开的荷花和那张又大又新鲜的荷叶，把荷花递给她，把荷叶盖在她头上，就开始剥莲子。他剥了许多，却一直都没吃一个，等他剥好一大把，放进她的两个手里，她这才知道男孩是为她剥的。后来男孩把剩余的莲蓬上的杆都掰去，在她面前摆成一堆，便一头扎进水里不见了。

大概天太热，后来她吃着吃着就睡着了。醒来时，荷塘里已没有了一个人，四周静悄悄的，她顿时毛骨悚然，惶恐得哇哇大哭着就拼命往坡岸上爬，尽管茅草扎得她的脚生痛，也不敢稍作停歇，待爬到坡岸小路上，低头看脚发现脚上的大红皮凉鞋没有了，就哭得更凶了。她四处张望，寻找她的大红皮凉鞋，可哪里也没有。她想回家，荷塘边和小路上却长满了扎她脚的那种茅草。她好害怕，却不敢抬脚向前走半步，就在这时男孩又赶了过来。

"来，我背你！"他说着就在她身前扎了个马步。

"他们都不喜欢我，不跟我玩，还欺负我，偷我的凉鞋。"她擦了把眼泪，正好看到男孩又粗又壮的小腿，爬上男孩的背又委屈地哭泣起来。

"我知道，他们不喜欢你，但我喜欢你。"男孩背着她一边走向回家的那条小路，一边哄她，"他们不跟你玩，我跟你玩，有我在就不会让你受委屈……”

当回忆往事，这个下午就像一个瑰丽的梦，总是让她感觉那样的温暖而美好。只是那时她才4岁，对于这个男孩，她只记得他向她递莲蓬时那双黑亮的眼睛，和往他背上爬时看到的又粗又壮的小腿，她并没能记下男孩的长相和名字。

而且，自那天后，她似乎再也没有见过这个男孩。

她不知道男孩是下放到这里的“牛鬼蛇神”的儿子，因父亲一直病着不能出工，只得为生产队放牛来顶替，八九岁了还没上学。也不知道他和她一样，荷塘里的那群孩子也不和他玩。更不知道在她记忆里的这个下午的第二天，男孩就随父亲回了“五七干校”。后来，男孩才开始上学，父亲就去世了，只剩下年幼的他和体弱的母亲。他成长的岁月相当艰难。长大后又没能考上大学，也没能找到合适的工作。后来母亲去世后他就去部队当了兵。他一直也没能有条件再走到女孩面前来。

当女孩到了花季年龄，出落得格外美丽，上门提亲的踏破了门槛，她却始终都没找到可以依托的人。因为在关于那个下午的零零碎碎的记忆里，她总觉得自己曾答应过男孩什么，或者她根本就认为，那个男孩就是她可以依托的人。这自然是女孩家的隐私，后来，当她的年龄一天一天大起来，到了在乡村再不嫁人就成了剩女的时候，就去了远方的一个城市里的哥哥那里。

男孩去部队后一直很努力，不久就破格进了军校，当他在28岁那年破格提到了副营，终于有条件把女孩带在身边给她有保障的生活时，他便请假来到女孩家。

“你是……”当他来到女孩家时，天已经黑了，家里只有女孩的母亲一个人。男孩很肯定地告诉老人：“你家女儿一见我就知道我是谁，我这次来就是想接她和我一起去部队生活的。”

很显然，老人从来都没听女儿讲过有这么个对象，可看看外面的天，看看风尘仆仆的男孩，老人还是把男孩迎进了家里。

男孩住下后就像这家的女婿一样，第二天一大早便起来打水做饭、和老人一起下地干活、帮老人洗衣收拾房子。老人也像对待女婿一样对待男孩，每天不是杀鸡，就是去邻居家的鱼塘买鱼做给男孩吃。因为在闲聊中她了解到男孩已没了任何亲人，她一直都没把女儿的真实情况告诉男孩，直到男孩假期满了，不得不走了，她才把女儿的情况告诉男孩。

就在男孩来的前几天，老人才收到儿子来的一封信。说他妹妹最近在那边找到了一份满意的工作，他也张罗着给妹妹介绍了一个很不错的人家，妹妹什么也没说，大概是默认了，因此估计很快也就结婚了。只是老人为了让男孩死心，她告诉男孩的不是她女儿“估计很快也就结婚了”，而是已经结过婚了。并叮嘱男孩：“多好的孩子啊，赶紧找个合适的姑娘成个家吧！”

男孩离开后，女孩并没和哥哥为他张罗的那人结婚。而且为了不给远方的老人增加心理负担，女孩和哥哥也没把这情况告诉老人。

可她终究还是找了一个眼睛黑亮、小腿粗壮、靠得住的男孩结了婚。

那时，人们坐火车上或候车时都爱买份报纸看，就如现在爱玩手机。男孩离开老人，坐在候车室等车时，在一张报纸上看到了这样一条征婚启事：如果你成长的记忆里，曾有过一双小小的红皮凉鞋，就是在那动乱的年代里孩子们最羡慕的大红色皮凉鞋，它穿在一个小女孩的脚上。那个下午，小女孩孤独地坐在荷塘一角，荷塘里的孩子都不愿和她玩，只有你给她送来一大捧莲蓬，也只有你在她大红皮凉鞋丢失后，背起她走向回家的路……虽然一个4岁女孩的记忆薄弱得几乎让人无处抓寻，可既然你给我的那种感觉长在了我的生命里，我就要用我能想到做到的一切努力，把这心愿传递给你。如果你还没结婚，我想对你说：我愿你做我爱人！

载于《当代小说》

这世间，唯有梦想和好女孩不可辜负。你还记得那个一心想跟你在一起的姑娘吗？当时她是那么坚定地要跟你在一起……

爱尔兰的约定

文/宋　敏

爱情是不按逻辑发展的，所以必须时时注意它的变化；爱情更不是永恒的，所以必须不断地追求。

——柏杨

热闹而又孤独的杜凉生

乍听杜凉生这个名字，还以为是个羽扇蹁跹的白马少年，面容清秀，工诗善词。事实上，杜凉生和白马少年这个形象相差甚远。他不但皮肤黝黑，身材健硕，就连说话都是粗声粗气，丝毫不懂得温柔风情。

幸好，外表粗野的杜凉生会摆弄几下篮球，否则，铁定是天煞孤星的接班人。

杜凉生的球技不错。每次高校联谊赛，他带领的球队不但能博得阵阵欢呼，还能捧个不值几文钱的大红奖状回来。

杜凉生在外语系，典型的女多男少。在杜凉生没来之前，该系的男篮获奖纪录，还是处于空白状态。也是因为这样，长日冷若冰霜的系主任才会把成绩平平的杜凉生捧得跟太子爷一般。

身在花丛中，杜凉生打篮球从来不缺少啦啦队。不管哪天比赛，系主任只要随便调配两个没有课程的班级过来，就能为杜凉生吼上大半天。

一到中场休息，就有一大帮花儿围上来，端茶的端茶，送葡萄糖的送葡萄糖，递毛巾的递毛巾，好不热闹。

可惜，现实往往不是你看到的那样。

整天被蝴蝶围困的杜凉生，至今依旧单身。

也不是没人主动投怀送抱，可那些惯于主动的，大都是侏罗纪公园里的霸王。杜凉生虽然黑了点，但好歹也算是个公众人物。就算他自己拥有奉献精神，敢于冒险，可也得考虑下旁观人士的心脏承受力。

啦啦队里是有几个不错的姑娘，一眼看去，就有触电的感觉。可惜，没有一个喜欢杜凉生。她们故作欢颜，前来伺候杜凉生这个非洲佬，也不过是惧于系主任的威严。

每次篮球活动之前，系主任都会三令五申，同学们啊，尤其是啦啦队的成员，给我把杜凉生伺候好啦！要知道，他可是咱们系的荣耀。谁要是不顾集体利益，那可别怪我取消他的所有评奖评优资格，当然，也不要想几年后我会在他的就业推荐表上签字……

校园版《非诚勿扰》

杜凉生很清楚自己有几斤几两。篮球这东西，在大学里玩玩尚且可以，踏入社会，谁还有闲情逸致坐在烈阳下面看你耍宝？再说了，你也不能跟面试的主考官说你最擅长的是打篮球吧？人家招的又不是长臂猿。

对于年年挂科的杜凉生来说，自主创业，实在是条别无选择的路。

杜凉生的脑袋不算笨，尚且有点经商的天分。老老实实看了一个月的《致富经》栏目后，杜凉生终于有了最终决定。

那时，《非诚勿扰》这个节目正火得不得了。杜凉生突发奇想，难道就不能在校园里搞一个微型版的《非诚勿扰》吗？

杜凉生给家里打了不下二十个电话，软硬兼施，最后要到了可怜巴巴的五万块钱。

租了店铺，印了传单，又简单装修了一下，这笔钱便就所剩无几。看来，买音响，找主持是不可能了；找家里资助？那更不可能。就这五万块钱，杜凉生他爸还让儿子打借条呢。

杜凉生想了一夜，总算是有点眉目了，动态的《非诚勿扰》搞不了，难道我就不能搞一个静态版的么？

一周后，杜凉生的“告别单身”小店，终于开张。

推门而入，顿觉眼花缭乱，目不暇接。杜凉生嘿嘿地笑着说，这就是我要的感觉。

惨白的墙壁漆成了四种不同的颜色，不同的颜色，代表不同的类型。蓝色代表文静，黑色代表神秘，红色代表热烈，橙色代表性感。

每个颜色下面，都有两只精致的木箱子，一男一女，箱子上贴有各校单身男女的照片和极其简单的资料。为了得到这些照片和资料，杜凉生到处奔走，脚后跟都磨出几个大血泡。

杜凉生笑嘿嘿地说，同学们，今天刚开张哈，五折优惠，五折优惠。凡来本店的单身男女，都可以按照自己喜欢的类型，进入相应的颜色。看上谁，和我说一声，留下联系方式和近身照片，我会尽快联系对方。如果对方对你有意的话，我会在第一时间帮你们安排好约会地点。速配成功之后，再收取费用。无效，分文不取的哈！

莫名其妙的艾萌萌

如果光以进店次数来算，艾萌萌绝对是杜凉生最忠实的客户。

艾萌萌每天至少要来三次，风雨不歇。有时，杜凉生课程太满，没开门，她就站在招牌下面给杜凉生打电话，一遍又一遍。

要是艾萌萌长得不漂亮，杜凉生早就把她踢出小店了。

看到艾萌萌的照片之后，很多男生都主动留下了照片和联系方式。可惜，艾萌萌一个也看不上。

杜凉生心急啊，艾萌萌来那么长时间了，他可是一分钱都没拿到啊。再这么下去，光电话费都够他赔的。为了能够早点把艾萌萌速配出去，杜凉生特意把艾萌萌的照片放到了小店柜台上。

以前在蓝色那一栏里，艾萌萌特别招单身男孩喜欢。奇怪，现在放到最显眼的位置，反倒没人注意了。

正当杜凉生百思不得其解时，一位进店的小妹忽然点醒了他。哎哟，老板，就算你想让所有单身男孩都知道这位艾萌萌是你心上人，已经名花有主了，也用不着这么明目张胆吧？

杜凉生赶紧端起杯子猛灌几口，差点没被煎饼果子噎死。不过，一分钟后，杜凉生看着柜台上的照片笑了。艾萌萌？嗯，看起来不错，眉清目秀，也算是个美女。

这是杜凉生第一次仔细看艾萌萌的资料。和别人有所不同，她最喜欢的国家，既不是繁华富裕的美国，也不是美丽醉人的新加坡，她只钟情爱尔兰。

杜凉生地理烂得一塌糊涂，爱尔兰在哪里？南半球还是北半球？他不清楚。

艾萌萌是个通情达理之人，她知道自己给杜凉生添了不少麻烦，因此，几乎每次来都会给杜凉生带点吃的喝的，算是贿赂贿赂，拉近关系。

时间长了，也就熟了。

张国荣的为你钟情

杜凉生是个怀旧种，特别喜欢老歌。现代流行的什么饶舌啦，重金属啦，摇滚啦，他没一样感兴趣。

艾萌萌来的时候，杜凉生正坐在小店里听张国荣的老歌，《为你钟情》。

艾萌萌一听，眼里即刻跳出火花，哇，你也喜欢张国荣？那你看过这首歌的 MV 吧？没看过？那你回去打开电脑找找看，特别感人，尤其是在你知道张国荣和梅艳芳的故事之后。

闲着无聊，杜凉生打开手机浏览器，查了下关于张国荣和梅艳芳的故事。

梅艳芳生前独爱刘德华，可惜，她一生也未能得偿所愿。她曾和张国荣有过约定，张国荣说，如果你四十岁仍旧单身，那我们俩就结婚，梅艳芳同意了。

可惜，梅艳芳没能等到那一天。1963 年出生的她，于 2003 年逝世，那年，她刚巧四十。更为悲情的是，张国荣竟然在同年愚人节，先她而去。

杜凉生打开电脑，看了《为你钟情》这首歌的 MV。看着看着，眼泪忽然就掉了下来。

两个孤独一生的人，终于在这首歌中喜结连理。

艾萌萌说，杜凉生，要是大三下学期我还单身的话，你就追我吧。

杜凉生在电话这头想想，便答应了。

无疾而终的恋情

大三下学期，艾萌萌仍旧单身。杜凉生信守承诺，给她发了条求爱短信。就这样，俩人手牵手走过了那个炎热的夏天。

其实，杜凉生最爱的，是同在一系却从来不当他啦啦队成员的苏可倩。他拼了命地练好球技，打好比赛，也无非是想有一天苏可倩能喜欢上他。

然而，直到大四，苏可倩都没来看他打过一场完整的球赛。

杜凉生做单身小店，不是没有私心。他多希望有一天，苏可倩能走进她的店里，这样，他就能顺理成章地接过她的一切希望，并给她世间最完整的幸福。

大四上学期，英语好得不能再好的苏可倩，申请留学成功，提前去了英国，杜凉生彻底疯了。

暗恋三年，到最后，苏可倩连他的名字都未必知道，这是多么荒唐的事情。

杜凉生独自坐在街边的大排档里，喝了满满十五瓶青岛啤酒。最后，窝在路旁的大树下，吐得天昏地暗，幸好有熟人给艾萌萌打了电话。

杜凉生和艾萌萌的恋情，还是没能坚持到最后。

临近毕业，俩人就这么慢慢地淡了下去，直至淡成一杯再无瓜葛的白开水。

很多恋情都是这样。莫名其妙地开始，又毫无头绪地死去。

爱尔兰的秘密

毕业的时候，艾萌萌托人给杜凉生送了一封绵长的告别信：

凉生，你还记得你喝醉的那晚吗？萧索的风中，我紧紧抱着你，而你，却含糊不清地念着另外一个人的名字。原谅我在无意中偷看了你的手机，多可怜，在你的手机相册里，都是她的背影和侧脸。我整天和你在一起，而你，却从来没有为我拍过一张照片。

凉生，你曾经答应过我，会陪我去爱尔兰看看。你知道我为什么钟情爱尔兰吗？你不知道，那我现在告诉你。

在爱尔兰，办理结婚登记的费用，会因婚期的长短而不同。如果婚期为 1 年，那么，需要缴纳 2000 英镑；如果婚期为 100 年，则仅仅只需要 0.5 英镑。最高收费是最低收费的整整 4000 倍，这是他们鼓励长久婚姻的办法。

在爱尔兰，还有另外一件耐人寻味的事情。那就是在所定的婚期里，无论如何都不能提出离婚。婚期不同，结婚证书也会有所差异。婚期为 1 年的新人，得到的是厚如百科全书的两大本结婚条例，里面逐项列举了男女双方应尽的各项权利和义务。而对婚期为 100 年的新人，政府所给予的，仅仅是一张薄薄的纸条，上面写着市首席法官的祝福：

尊敬的先生、太太：

我不知道我的左手对右手，

右腿对左腿，

左眼对右眼，

右脑对左脑，
究竟应该承担起怎样的责任和义务？
其实他们本来就是一个整体，
只因为彼此的存在而存在，
因为彼此的快乐而快乐。

凉生，这就是我迷恋的爱尔兰。
因为它有一个无法解除的100年的爱情约定。

载于《意林》

大抵无疾而终的爱情，都是让人心疼的，可是有什么办法呢？我爱你，你却爱着另外一个人。爱情就是这样的吧，总是不能符合心意。

扎万针显真情

文/段奇清

真的猛士，敢于直面惨淡的人生，敢于正视淋漓的鲜血。

——鲁迅

2011 年 2 月中旬的一天，他正在给人扎针灸，董娟夫妇登门喜洋洋地向他道谢。因为在他的治疗下，结婚多年一直不能生育的董娟怀上了身孕。消息一传开，人们惊叹：这可是人间奇迹！

他叫孙秀才，辽宁省抚顺市清原县人，年轻时参军入伍，退役前是沈阳军区装备部高级医师，擅长中医针灸，退伍后回到老家开了一家诊所。他手中的银针堪称神奇，即便一些疑难病症他也能手到病除。

尽管他在当地的名声越来越大，可他却总怀有一颗治病救人救死扶伤的心，有些危重病人他常常是上门医治。2006 年冬一个大雪纷飞的日子，他在出诊的路上，不幸被一辆疾驰的车撞得飞了老远。被诊断为语言神经、右侧运动神经损伤，记忆功能丧失。是的，他成了一个植物人。妻子冯淑杰不甘心丈夫就这样一直在病床上躺下去，她要唤醒丈夫的记忆。可想了一个又一个办法，就是没有任何效果。

2007 年 8 月中旬的一天，冯淑杰发现丈夫的头总向右侧转，似乎在看什么。她仿佛看见了一丝希望的亮光，赶紧给上大学的女儿小赢打电话："你爸的头会转动了!"冯淑杰与女儿分析，他看的就是挂在墙上的那张人体穴位图。听医生说，只要找到了刺激源，丈夫就有可能恢复记忆及语言功能。

冯淑杰兴奋地想，人体穴位图就是丈夫的神经刺激源，这一下可有办法了。从此，她每天给丈夫读穴位图上的穴位，不久又为他读中医书籍，慢慢地，他能发一些含混不清的声音了。这样一读就是 7 个多月，2008 年 3 月，孙秀才已经能坐起来了，而且左手也能动了。更难得的是，一天，她从菜场买菜回来，丈夫的手中居然拿着一根银针在摆弄。

冯淑杰眼睛一亮，如能让丈夫重新学着扎针灸，他一定恢复得很快，否则，他永远都难以清醒。但她知道，扎针灸可不是闹着玩的，有些穴位，一针扎下去，稍有偏离，轻则让人瘫痪，重则丧命。可她决定以身试针。人体穴位与针灸是能唤回丈夫记忆的刺激源，可她的这一决定极有可能让她彻底丧失"刺激源"，但她对丈夫和家庭的爱已胜过了一切。

当然，她也不是一个蛮干的人，她要循序渐进，首先她选择了对人的影响稍轻的手背让丈夫下针。那天，她拿了一根银针放到丈夫手中，帮助他合拢无力的手指，说："孙医生，我是来找你治病的，你就给我扎针灸吧!"

只见他眼中似乎有一种电光倏忽闪过，一会儿手中的针颤抖着刺下。她虽说有心理准备，还是疼得"啊"了一声，因那银针是歪歪扭扭扎下去的。他的手也没有一点准头，那针与事先画好的圆点偏离一寸多。她忍住痛，拔出银针，重新帮丈夫握好，把着他的手，对准自己手背上的那个圆点，又刺了下去，她不禁又一哆嗦……

就这样，一直扎了 28 针，终于扎中了穴位。这时，她的手已经发麻、发木。可看见丈夫开心地眯起眼睛，她觉得自己再苦也没有什么了。

2008 年国庆节，吃过早饭，他又习惯性地招手，要她过去为她扎针。这天女儿放假在家，看着妈妈已被扎得稀烂了的手，便对爸爸说：“您怎么就不住地要给她扎针呢？她痛啊！她可是你妻子，我的妈妈啊！”这时，他伸长脖子，好奇地看着眼前的两个人，似乎努力回忆着什么……良久，嘴中含糊不清地叫道：“淑杰……老婆……”接着又转过头，注视着女儿，“小赢……女儿……”

时隔两年后，他终于能认识妻子和女儿了，冯淑杰的眼泪汹涌而出，那可是喜悦的泪水啊！此时，她拿起一个小本子，那上面记载着丈夫每天为自己扎针的次数，足足已有一万多针。

2009 年 11 月初，他能下床站立，双手也灵活多了，只是说话依然有些含混不清。为了让丈夫恢复得更快些，她经常邀请他的战友、朋友、邻居来陪他聊天、下象棋等。

2010 年 7 月初，孙秀才的战友王国兴带着儿子王泽航来看他，直让他开心不已。突然，他指着王泽航的嘴，又拍拍自己的腹部。王泽航不知道他要做什么，冯淑杰见丈夫的鼻翼翕动了几下，皱眉作要吐状。

她立即对王泽航说：“他怀疑你的肠胃有毛病，让你伸出舌头看看舌苔。”看过舌苔后，他要给王泽航扎针。好在只是在少阳经脉一些穴位上扎上几针进行疏通调理，不是太难的事，她也就帮助丈夫为王泽航扎针治疗。这可是丈夫在出车祸后，第一次给病人扎针啊！她知道这是丈夫在给他扎出一条再度治病救人的通道。

第三天王泽航又来扎针时，高兴地说，这针真是了不起，自己如今已吃得香、睡得甜了。

没过几天，王泽航又把自己的妻子董娟带来了。孙秀才为董娟把脉后，手中比比画画，口中不停嘟囔着。冯淑杰知道丈夫诊断董娟患有乳腺炎和坐骨神经痛，引起寒宫症导致不育。然而，董娟要扎的穴位是肩井穴，这个穴位一旦扎不准就会引发气胸，这可是致命的。丈夫给董娟开了一些中药，冯淑杰只好让董娟先回去调理一些时日再说。

她知道这可是丈夫人生中最为关键的一步，他要是连董娟这样的病也治好了，那他信心的通道就彻底敞开了。丈夫认为为董娟治病风险太大，她却要让自己来承担这个风险。不是治出了事由她来负责任，而是压根就不让丈夫出什么医疗事故。这样，唯一的办法就是让丈夫在自己身上练习。

练了 5 天后，他让冯淑杰将董娟叫来。董娟还有些不放心，可他已是信心百倍，因为这时他对冯淑杰的肩井穴已刺了 100 多针，准确到只有粗一点的针眼。

董娟在接受了半年的针灸及中药治疗之后，乳房肿胀消失，胯骨不再疼痛，随着寒宫症的治愈她怀孕了。2011 年 2 月的一天，董娟夫妇乐哈哈地登门向他道谢。

眼下，尽管他的语言功能尚未完全恢复，可前来看病的人又开始络绎不绝，由于在康复期间有了妻子为他做练习对象，他的医术与车祸前相比不仅没倒退，反而更为精湛。人们见到他后，往往都会伸出大拇指，直夸他是“神医”。

爱是承担万余银针的疼痛，甚或是丧失生命的风险，正是这样，才显示了爱钢铁一样的硬度，银辉般的耀眼，让人们感受到了人间永不逝去的大爱真情……

载于《特别关注》

万宇银针的疼痛是她对丈夫的希望，是对家庭和丈夫的爱。真爱的力量是无穷的，她能让人变成勇士，承受常人所不能承受之痛。让人有钢铁般的意志，面对所有的煎熬与风险。

第二辑

我并不要刻意感动谁

他并不想去刻意感动谁，只是要追求自己的一份快乐与幸福，可就有千千万万的人被他感动，人们愿意聚集在他的身边。一个以助人为幸福的人，与其说是一种境界，毋宁说是找到了一处精神高地，也许他不想标榜什么，可大家分明已看到了一面指引着人们通向人生快乐幸福的旗帜在自己心中高高飘扬……

父母不是恶人

文/商艳燕

凡为父母的，莫不爱其子。

——陈宏谋

深冬，清晨六点半左右的天还黑得像是锅底，儿子在穿衣服。为了让他多睡几分钟，我总是精心算计着早上这点儿时间，直到所有的早餐都摆上桌的最后一分钟才去唤他。

一切准备就绪，只剩下咸鸭蛋在我手中，正一点点向下剥壳，并露出油油的蛋黄。儿子从小对蛋黄不感兴趣，最近几天却突然转变了想法，于是蛋黄给他，蛋白由我来吃。此时，屋子里还是寂静的。

那一刻的寂静里，忽然就有些恍惚，仿佛岁月中有什么似曾相识的场景，正在惊人地重演。

小时候，家里虽然并不富裕，却因为院子宽阔养了十几只鸡，鸡蛋是从没有断过的。鸡蛋以各种形式出现在我们的一日三餐里，普通到令人从不觉得日子贫穷。父母总是想办法让我们多吃，炒米饭、鸡蛋饼都不是问题。白水煮蛋，蛋黄有点儿干却是最爱，蛋白吃起来有弹性口感也还不错，咸蛋蛋黄泛着油光吸引着贪吃的味蕾，可蛋白总是有一种软软的水汽让人爱不起来。我爱吃咸蛋黄，姐姐弟弟都爱，我记不清他们那时都是如何解决蛋白问题的，但至少我自己，总是把蛋黄贪心地卷进烙饼中，然后把蛋白扔在一边，不知什么时候，蛋白就自动不见了。

那时总是理直气壮的，似乎不论什么不爱吃的东西，在父母的那里都不是问题，似乎他们什么都爱吃。

十多岁时常常和母亲闹别扭，不知是两人之间的矛盾，还是因为她过于偏爱弟弟的后果，具体的事都被我慢慢地遗忘了，但是想起童年与少年期，就觉得母亲简直一无是处，爱发脾气，不讲道理，发誓自己绝不要重复与她一样的人生，我定会倾尽全力地去爱自己的孩子。

前几天儿子和我聊天，他说你这个人特别凶，我一不会做题就冲我喊。我喊了吗？我不记得。但儿子清清楚楚地记着，把每一句话都重复出来，他说你脾气太坏了。我脾气坏？我是努力要做个好妈妈，并一直这么坚持着的呀。可是儿子却说，你太吓人了。

为什么在他眼中的妈妈和我眼中的自己完全不一样呢？当时我只是笑着说他：怎么就光想着妈妈的不好，不能多想想我的好呢？

事后突然惊觉，那仿佛就是曾经少不更事的自己。在孩子的眼中，父母都是恶人，你对他千般的好，他却只看到了发脾气时的你。

可是天下的孩子啊，还有许多事情，比你看到的表象更深更隐蔽。

你生病时，父母焦急的心情，你体会不到；你受伤时，父母自责的眼神，你从不明了；你难过时，父母深深的担忧，你无从知晓；你饿了渴了时，父母忙碌的身影，你从未注意到；甚至你不爱吃的东西剩下的饭菜，父母全都毫不挑剔地吃掉，你哪里会知道？你只是在童年里理所当然地伸出手，从父母那里索取，还仿佛自己遇到了世界上最不好的父母。孩子的无情，父母甚至从不计较。

我几乎从不吃蛋白，也许是生活太好了，儿子从小却是不爱吃蛋黄，我又理直气壮地多吃了九年的蛋黄。直到今天，我那么心甘情愿地把蛋黄抠出来留给他，而自己默默地吃着软软的蛋白。一切都是那么顺理成章。

做父母的默默地为孩子做了许多事，可这些事，在孩子的心里，就像从来不曾发生。也许父母在孩子眼中都是恶人吧，因为管教，因为约束，哪怕是偶尔一次控制不住地发脾气都不可原谅。但孩子的心也并非永远像冰，它只是在光阴中慢慢漂移，直到一缕又一缕光，从某个角落里洞开。那一刻，父母才终于不再是恶人。

载于《做人与处世》

我们总是漠然地接受父母对我们的好，认为一切都是理所当然的。而总是敏感仇视父母对我们的管教，好与不好都是父母初衷的爱，只是有时候表达的方式是我们所不能接受的。

来自星星的同桌

文/雪　原

孤独是人的宿命，爱和友谊不能把它根除，但可以将它抚慰。

——周国平

一

地点：初二10班。

时间：第二节课大课间。

人物：林苏和她的新同桌王小乐。

“王小乐，你装什么帅？耍什么酷？你以为你保持沉默就可以成为隐形人了啊。”林苏用不屑的眼神瞥了王小乐一眼，王小乐依旧不说话，眼睛望着窗外，发呆。

“班长，我要求换同桌，我真受不了了，和一个不说话的人做同桌，这不是故意让我这个话匣子难受吗？受不了了，我的小宇宙要爆发了！啊……”林苏双手抱头，疯狂地摇摆着，一副抓狂状。

“林苏，你们俩同桌挺合适的，一吵一静，互补。”前排的戴晓杰回过头来，一脸的幸灾乐祸。她是王小乐的前同桌，曾经也被王小乐的沉默闹得抓耳挠腮。

“你!”林苏抓起一本书，扔向戴晓杰，戴晓杰正欲还击，上课的铃声响了。班主任拿着一叠试卷走进了教室，念完成绩，班主任点了王小乐的名字，王小乐站起来，低着头，像一株失水的植物，蔫耷着脑袋。

“王小乐，这次测试你是倒数第二名，什么原因啊？你可一直都是中上游的学生啊，说说，什么原因?”班主任一连问了几次后，王小乐声音低低地说:“学不进去。”之后，他便再也不说话，头低得更低了。

“王小乐，你可得搞好你的学习啊，你奶奶和你父亲对你期望很大，你要懂得他们的一片苦心啊，好了，你坐下吧，同学们，现在开始学习新课文，打开课本第60页……”

林苏望着王小乐，阳光正好照在他的脸上，林苏真切地看到王小乐的眼睛里，有亮晶晶的东西在闪。

二

学校组织郊游，是郊区的一座小山，爬到半山腰，有一段路紧贴在石壁上，特别陡峭，窄窄的，同学们只好按顺序排开。林苏小心翼翼地行走着，望着脚下深深的悬崖，一颗心扑扑地跳，她感觉一阵眩晕，眼前一黑，几乎摔倒。

“王小乐，你扶一下林苏，她恐高。”戴晓杰喊走在林苏身后的王小乐。王小乐面无表情，像没听见戴晓杰的话一样，跟在林苏身后，林苏慢，他慢，林苏蹲下，他杵在那里，眼睛望着深深的悬崖。走走停停，总算走出了那段陡峭的山路。

“王小乐，你扶我一下会死啊?”林苏一脸怒气望着王小乐。王小乐不言语，正巧此时老师让大家休息，王小乐独自默默地爬到一个陡峭的石头上，坐在上面，一会儿望望天，一会儿望望深深的悬崖，面无表情。

戴晓杰和林苏找一块平整的石头坐下来，戴晓杰小声对林苏说："林苏，你知道王小乐家的事吗？"林苏摇摇头。

戴晓杰把嘴巴凑到林苏耳朵上，叽里咕噜说了一通，林苏的嘴巴越张越大，禁不住失声道："啊？这是真的吗？"戴晓杰做出一个"嘘"的表情，林苏伸了一下舌头，悄声问戴晓杰："这是真的吗？"戴晓杰使劲点点头："千真万确的事，我绝不谎报军情。"

林苏和戴晓杰的目光一起望向王小乐，王小乐坐在石头上，静止得像座雕塑。

林苏在心底轻轻地问王小乐："王小乐，你真的是来自星星的孩子吗？"

三

"王小乐，你的信！"班主任举着一封信示意王小乐过去拿。王小乐神情一恍惚，迟疑了一下，向讲台走去。

下课后，林苏凑到王小乐跟前说："王小乐，真羡慕你，信息时代，能收到一封信，多么难得啊。"王小乐轻描淡写地看了林苏一眼，没说话，拿着那封信，便向教室外走去。

林苏透过窗户张望着王小乐，戴晓杰也歪着脑袋看着，王小乐拆开了信封，拿出信展开，看完，折起，又展开看了一遍，然后慢慢地折起，装进信封里。

此后，几乎每个星期，王小乐都能收到一封信，他拆信的时候总是避开别人，没人知道信的内容是什么。那天，林苏发现王小乐居然笑了，说："王小乐，是谁给你写的信啊，瞧你心花怒放的样儿，情书啊？"王小乐使劲白了林苏一眼，牙缝里挤出两个字："无聊！"

王小乐脸上的笑容越来越多了，课间的时候开始主动和同学一起讨论问题或者嬉闹了，戴晓杰对林苏说："那些信里写的什么呢？信被仙女施了魔法吗？外星人王小乐居然变回地球人了。"

林苏望着王小乐，轻轻地说："是啊，信里有颗天使的心，王小乐一定读懂了。"

四

"林苏，我要感谢你，你说我该怎么谢你呢？"王小乐笑嘻嘻地望着林苏说。

"这是唱的哪出戏啊？"林苏一脸惊讶地望着王小乐。

"林苏，你不要装了，我知道，那些信都是你写的，我偷偷比对过笔迹了，虽然你刻意模仿另一种笔迹，但有些字还是一眼就能辨认出是你写的，我是真心谢谢你。"王小乐说得很认真、很庄重。

"得，我到底还是演砸了，我交代，一切都是我的错，我不该冒充你爸爸给你写信，但是看你整天不高兴的样子我很着急，着急找不到方法帮助你。后来我就想在信息高度发达的今天，捧一封亲人的信静静地阅读，该是多么温暖而幸福的事。开始我担心你不会接受，或者会把信撕掉，但我想即使那样也没关系，每个人都有柔软的部分，我有足够的耐心和时间让你来接受这份关怀，而且我相信这份关怀会慢慢融化你心里的坚冰。"林苏一脸的真诚。

原来，王小乐三岁时，母亲就离家出走了，一去再无消息。父亲常年在外打工。把他放在爷爷奶奶家，给他的只是物质上的满足。没有人与他沟通，了解他的内心世界，于是，他渐渐封闭了自己，一个人孤独在自己的世界里。

林苏给他的这份特殊的爱如同阳光雨露，让王小乐慢慢感受到了亲情和被关爱的滋养，并找到了自己的存在感。

“没有人是一座孤岛，即使你来自星星，我们也会让你感受到集体的力量和温暖。”同学们都把手伸向王小乐。王小乐笑了，笑着笑着，笑出了满眼泪花。

载于《才智》

心里的阴霾和孤独，唯有爱可以化解。如果你曾见到这样的孩子，就请赐予他你无限的爱吧。

用文字装点人生的绚丽

文/袁恒雷

好的文字有着水晶般的光辉，仿佛来自星星。

——王小波

一

“走进寒同山，秋烟横吹，秋风流岚。满目金黄丹红，流光溢彩，万山红遍，层林尽染。蓝天白云，松翠枫红，似丹青之手随意泼墨湮开的一轴赤橙黄绿五彩斑斓的秋风画卷。”

我引用的这段写秋景的文字不是我的，是山东女作家王韵女士散文集《尘埃里的花》里的一串精彩佳句。我之所以先把这段拿出来，一来是提笔写这篇评论的时候时令马上入秋，二来我觉得这几句很具有其文风代表性，句式长短结合，比喻形象生动，是其写景散文的典范。王韵这本散文集是其近年来在全国报刊发表散文的精选，内容丰富多彩，呈现了其多年来的各种生活情状。本书第一部分即是其旅行佳作，在这组作品里，作者主要描写了她生活的故土莱州的各种风物。跟随其笔，我们领略了莱州四季的各种景致，各种民俗，各种海天山色，的确是场身与心的清新之旅。

这类散文可以归为“地理散文”，此类散文古已有之，而且在散文世界里的成就蔚为大观。近些年来影响巨大的即是以余秋雨先生为代表的文化大散文——将个人的体验观察融汇于所旅游的山水风物中，结合文化历史进行独特的全新解读。而余秋雨这种散文可以说是学者散文，因为这种散文的写作对于作者的知识素养要求极高，而更多的散文写作者并不能达到这些高度，而且我们大多数写作者对于山水的观照也从没刻意地去进行文化性的整理，只求山水与自己有心灵共鸣就已经是很不错了。王韵女士的这组旅游散文堪称如此，这些作品有其专门采风的，有特意采访的，有旅游偶得的，有文友笔会的，不一而足。其间我较为推崇的是《访蒲松龄故居》，这是王韵的心灵观摩与实地景物相契合的典范——既不是流水账的梳理，又写出了自己独特的感悟。而我相信，随着作者全国各地走访参会的增多，其笔下的景致也会更加繁复，而以后创作出来的旅游佳作也会呈现更多的层次与美感。

二

通读本书一大直观感受就是作者的情感是极为丰富的，这种情感的丰富性，体现在对于自然景致，体现在遇到的每一个人，体现在成长岁月里的每一刻。本书的第二部分主要书写的就是这些浓浓的情感，特别是亲情这个范畴。关乎亲情我们所有人都有自己的体悟，并且我们每个人的体悟都是不可替代的。

王韵女士对于亲情的书写非常令人动容，在她这组散文里，讲述了对于故土家园的无限怀念与眷恋，对于母亲的依恋与愧疚，对于女儿的疼爱与呵护，对于兄弟姐妹的手足亲情的珍惜，等等。很明显，作者极为热爱自己的家乡，少年时代的经历是清苦的，但是却充满了欢声笑语，那些成长岁月里的点点滴滴，作者时常梦见，时常怀念。母亲为这个家庭做出了巨大的贡献，但多年的辛劳令其积劳成疾，每每忆起，作者都感到锥心之痛，所谓子欲养而亲不待，因而作者笔下忆母的篇章很多，也格外动人。

逝去者唯有追忆，作者自然知道唯有珍惜眼前的人与事才是最重要的，因而将其浓浓的母爱传递给了女儿，所以在《给女儿的一封信》《妈妈，大姑娘自立了》《每个孩子，都是父母的天使》里，我们可以看到作为母亲，对于孩子的无限关爱、无限希望与无限疼惜的体现，可谓字字发自肺腑，句句满是叮咛。我们都是父母的孩子，我们也都是孩子的父母，在读到关乎亲情的美文佳作时，我们常常多有共鸣。这种共鸣是人性的相通，是情感的交融，王韵女士的育儿心经值得我们借鉴。这不一定关乎于她把女儿培养到了多么优秀的境地，而是如何爱，恰如她所说："而你的妈妈，在女儿成长的路上，始终陪伴在你的身边，始终关心着你的心理及情感需要。站在父母的立场，运用朋友的方式，理解着你关注着你。愿意用爱的眼神和你交流，用爱的演讲发现你的长处，用爱的语言启发你智慧的眼睛和思想的大脑。愿意尊重你成长过程中的困惑、失败和挫折，希望能让你体会到舐犊母爱的缱绻柔情，使你时刻感受到关爱，使你的人格和精神的成长丰满而健康。"我想，如果我们家长都能做到如此，那么我们的儿女也就自然会成为我们的骄傲，而我们也就会收获各种欣慰了。

三

在作者第三部分的散文里，只有五篇作品，虽然很少，但却各具分量，我首先想着重说说令我耳目一新的一篇，题为

《李清照与王氏》——关于李清照的各种故事与作品自然不必细说，因为其可以说是中国古代第一才女，而这个王氏也来头不小——是奸相秦桧之妻。王韵女士这篇散文的新颖之处即在于她关注到了李清照与王氏可以说都是当时的著名女子，而且是亲戚，但却形同陌路，这篇散文即是挖掘出了其背后的故事。

其实想来也是简单的，赵明诚李清照夫妇的清廉高雅与秦桧夫妇的臭名昭彰，本来就是妇孺皆知的事，所以即便他们是亲戚，想来也不会有瓜葛，浊与清本来就不想混到一起。作者的这篇散文虽然并不是实地考察，但却很有文化散文的范儿——因为作者在行文过程中引述了大量的诗词古籍材料，诸如李清照的词，《金石录后序》等都适时出现，增强了文章的厚重性与可读性。而作者凭借扎实的史料为读者清晰地梳理了两位宋朝名女子的恩恩怨怨："李清照与王氏，同样出身名门，同样是大家闺秀，同样的美貌与才情。一对表姐妹，却因个性与追求的不同，选择了两条完全不同的人生之路。一个名垂千史……另一个却遗臭万年。"

作者在本文后面还作诗一首纪念李清照，我在这里和大家分享下：

"万红凋零穷尽心力乃见洋洋洒洒，文字流芳婉约清丽奔腾豪放，念洛神飞袂曲水流觞。然国破家亡，江湖庙堂艰险跋涉，只为了这千年一脉的进退。忧伤一份追忆、一代词人、一个国家的清平与灭亡，来而复往熙熙攘攘走过少时的欢畅，中年的漂泊，晚年的凄凉，绝世的孤独成就冰冷凝绝的美丽一位奇女子。悄声细语流传千古如，一朵摇曳的奇葩，成为中华文字史上不朽的绝唱华章！"

很明显，作者对李清照是极为推崇赞美的，并对其身世唏嘘不已。在本组散文里，其他几篇要么是写老同学和自己的故事，要么是写自己认识的人的生活故事，不一而足。其中较为有特色的是有点情感故事味道的《节日的问候》，讲述的是一位部队采办货物的军官和一名业务合作的女子的故事。情节饱满，引人联想，而结局温馨圆满，所以很期待作者能够在以后的著作中写出更多类似的故事，展现出人性的美好，令人感知社会的暖与爱。

四

在本书最后一部分“凝露心香”里，作者写作的题材是最为广泛的，可以说这组散文选材极为散，笔触庞杂，笔力深刻，令人惊叹于作者观察的细致与丰富，想象力的开阔与眼界的高远。这部分作品可以说篇章长短不一，少则几百字，长则几千字，但虽然长短不一，不代表水平参差不齐。

之所以说其选材广泛，是因为作者笔下呈现出了可谓是世间百态的各种状况，比如：四季，比如酒，比如风雨雷电，比如穿衣打扮，比如生老病死，比如读书与时间。所以，对于这组散文我觉得特别适合初学散文写作与散文爱好者来读，作者的感慨不至于多么玄妙幽深，却又书写了自己的心灵个性。作者笔触涉及的风物是我们所有人都可观可感的，却又展现了这些风物在心灵映照后的投影。作者对生活的书写恰似我们的亲人邻居，却又具有极强的可借鉴性与可操作性。简而言之，这组散文是极为接地气的，风格又是变化多端的。通读这组散文，我们对作者本人，对生活本身，都将会充满无限热爱。甚至会想，写作也不是那么玄乎其神，作者已经做了很好的示范，关键是我们需要向她学习如何关心我们生活的这个世界，如何关心我们遇到的每个人与事，并将其记录下来，化作心灵氧吧一样的抚慰。等到了我们也书写完一篇篇自己满意的或不满意的作品时，你会觉得，我走过的路不管是否成功，至少我不会觉得白过。

上面的四段书写是我读完这本书后想到的，每次读书的过程是伴有各种情绪的，而每次写完心得感受，觉得就是对原作者对自己对读者们的统一汇报。每一本书都是一个世界，我们作为读者走进去可以领略到各自的体验，这体验有共性与个性，但只要走进，就是我们与这个世界的缘分。所以要感谢作者为我们呈现的这个世界，可以肯定的是，这个世界带给我们的一定会是一次酣畅的心灵之旅。而王韵女士因生活琐事搁笔多年后仍毅然拿起笔写出这诸多绚丽的文字，装点了其缤纷的生活，我们当以其为榜样，让文字的美妙光芒也洒满我们的周身。

载于《知识窗》

用文字点缀的世界，就像是漫步在花的海洋一般，处处充满了创意的惊喜。

告别静音学习

文/莲叶深深

逆境给人宝贵的磨炼机会，只有经得起环境考验的人，才能算是真正的强者。自古以来的伟人，大多是抱着不屈不挠的精神，从逆境中挣扎奋斗过来的。

——松下幸之助

晚上七点，楼下的音乐声骤然响起，那欢快的音乐透过薄薄的纱窗，简直就是如在耳边。刚刚吃完饭准备写作业的儿子立刻皱起了眉头，委屈地说："妈妈，这么吵，我写不下去作业了。"没办法，我只好关上窗户，打开空调。音乐声虽然小了，却顽强地透过缝隙传进来，依旧清晰可闻。

我家楼下就是小区广场，买房子的时候觉得这地方视野宽阔才选择了这栋楼。谁知从去年开始，一群大妈们来到这里开始跳起广场舞来，除了最冷的冬天之外，几乎是风雨无阻。尽管我们把孩子的卧室搬到了北屋，关紧南面的门和窗户，可还是不能完全隔绝。

从小到大，为了给孩子创造良好的学习环境，我是不辞辛苦，不遗余力。从孩子上学的那一天起，我几乎就没有看过电视，每天陪着他写作业读书。老公有时候忍不住要看新闻或者球赛，我都坚决不同意，为了免得他啰嗦抱怨，索性把他打发到婆家去看，我一个人跟孩子清清静静。后来孩子大了，我辅导不了他的功课了，也准备好水果陪在他身边读书。只要孩子写作业学习，我连家务都很少做，为的是尽量不弄出声音。与老公说话更是轻声细语，连妈妈和婆婆有时候晚上要过来我都一概拒绝。所有的目的只有一个——让孩子在安静的环境中心无旁骛地专心学习。

可我管得了自己和家人，都管不了周围旁人。

看着那些跳广场舞的大妈们，我真是厌烦透了。怎么就有那么大的瘾啊？怎么就不能顾及一下别人呢？为了这事，我去跟她们商量，说家里有孩子学习，希望能换个地方跳舞。可人家说没别的地方，根本不理我。没办法我又去找社区，可面对社区管理人员的劝说，那些大妈们依旧振振有词：“广场是大家的广场，你们没有权力不让我们跳舞！”“你们年轻人不能太自私，你们有很多丰富热闹的娱乐，我们什么都没有，就爱跳个广场舞怎么就不行呢?”还有一个大妈尖刻地说：“连这点声响都能影响学习，这心理素质也太差了，就算学习好又有什么用!?”

把我气得眼泪差点流出来，最后在社区干部和其他人的劝说下，她们同意了把音乐声放小点。可是，我们家就在广场正对面的楼上，声音虽然小了却依旧能清晰传过来，还是让人心烦意乱。每到这个时候，孩子就烦躁不安，根本没法集中心思学习，只能等她们跳完舞再学习。儿子已经读了初二，正是最关键的时候，这不是耽误孩子的一生吗？我没办法，动了换房子的心，开始催促老公去寻找安静的小区。

可在市内各处转了几圈，我们意外地发现这广场舞如今是如火如荼，除了几个高档园区，几乎哪个小区都有。高档园区的房子实在太贵，根本就买不起。想来想去，最后我咬牙对老公说：高档小区咱买不起，干脆就去那儿租个房子吧。为了孩子，花多少钱都值得！

老公看着我半天没说话，良久才说，我觉得不是环境的问题吧？是你从小对孩子保护太过了，所以他一点声音都受不了。我小时候家里六七口人住在三间屋中，看电视的看电视，说话的说话，也没影响我学习啊！我不是照样考上大学了吗？老公转脸对儿子说，你玩游戏的时候能听到周围的声音吗？你看漫画书、侦探小说的时候能听到周围的声音吗？就是听到也对你没有丝毫影响是吧？能影响到你，说明你根本没投入进去，或者说明还不够优秀不够自信，所以才会把自己内心的纷乱归咎于环境的影响。如果你足够优秀足够自信，任何周围的喧闹都无法干扰到你。

听了老公的话，我和儿子愣愣无语，好像他说的有点道理，可难道创造安静的学习环境有错吗？

老公说，这样，我们不妨先试试，不再刻意回避，让孩子慢慢适应环境。如果还不行，我们再考虑搬家的事。

反正一时也搬不了家，只好死马当作活马医吧。

从第二天开始，孩子写作业时，老公不再出去，也不让我把他的卧室门关上。虽然没有看电视，但走路说话做家务都不再刻意噤声，该干什么干什么。刚开始儿子不太适应，总也集中不了精力，一会儿跑出来看看我在干什么，一会儿又来听我们说话。可说来也怪，家里有声音了，楼下的音乐声反而不是那么清晰刺耳了，甚至有时干脆充耳不闻了。

半个月过后，儿子适应了家里的各种声音，我们做我们的事，他写他的作业，并且写的速度还快了。从前一写写到半夜，我和孩子每天都困得不行，现在居然九十点钟就写完了。

我很奇怪，问他，是最近作业减少了还是你效率提高了？儿子说，都不是！是因为有一半作业我在学校自习课、课间都抓紧时间写完了。我不解，难道你以前在学校自习课从来不写吗？他说，自习课太乱，我以前根本写不下去，现在适应了你们的说话，课堂上多么吵闹，只要我想学习，对我都丝毫没有影响了！

真的啊？我又惊又喜。老公说，我说的对吧？不能让环境适应你，你得学会适应环境，才能无往不胜。

再后来，孩子学习时，我们更随意了，做家务、聊天、上网，甚至有了好看的电视节目我们也照看不误。不再谨小慎微，不再耳提面命，有了时间做自己喜欢的事情，我再也不觉得做一个初中生的妈妈有多辛苦了。

儿子呢，因为再未刻意给他创造所谓良好的学习环境，他反而学得更轻松了，心灵也越加坚韧起来。偶尔学习遇到问题或者做不好某事，他再不会像从前那般找出各种借口和客观原因推卸自己的责任，反而开始检讨自己的不足了。初中毕业，他轻松考上了省重点高中。

想起读过的教育故事，有条件的孟母三迁为孩子创造最好的学习环境，没有条件的王充辗转于“书铺借读”也一样能够成就大学问。我们生活在寻常百姓之家，能做的最多的不过就是在自己家中严防死守，却没有能力让所有的环境在所有的时间都为我们的孩子绕路。家人的过度保护还容易让孩子形成唯我独尊的习惯，稍有不如意，便忍不住怨天尤人。也会给孩子学习带来无形的压力，让家长自己觉得为孩子付出很多得到的回报却很少，患得患失之心更重。

告别过度的保护，让孩子从小学会适应各种环境，锻炼出更坚韧的心灵和意志，不仅不怕任何干扰，更无惧未来生命中我们无法预知的种种考验。

载于《知识窗》

成长是不断打磨的过程，一帆风顺固然是好，可是遇到风浪，难免会惊慌失措，不知应对。多经历生活中杂乱的事，这样才能在未来独立存活。

最深的伤害永远是：语言

文/郭　龙

恶言不出口，苟语不留耳。

——邓析子

在一个村子里有一个年轻人，这个年轻人极其优秀，可是他有一个致命的缺点：经常对别人出言不逊。他的父母和朋友总是劝他，他总是说："这有什么大不了的，不就是几句话么，有什么值得大惊小怪的?"然后依然我行我素。

一次村子里来了一位僧人，年轻人对僧人说了一句很不尊敬的话，别人批评这个年轻人，年轻人振振有词地说道："不就是几句话么，我向他道歉不就可以了吗?"僧人听了微笑着对年轻人说："我给你讲个故事吧!"好多人包括这个年轻人都围在了这个僧人的旁边，准备听僧人讲故事。僧人顿了一下便开始讲起了故事：

有一个人养着一只从小就在深山里捡回来的狗熊，他一直养着这个狗熊，可是有一天这个狗熊把邻居家的一片玉米糟蹋了，邻居找上门来让他赔钱。他很生气，拿起棍子对着狗熊就是乱打，而且边打边骂："畜生始终就是畜生，我白养你了。"打完后，他把狗熊赶出了家门。

第二天的时候，他又后悔了，可是狗熊已经走进了后山。

他很后悔，可是再也找不到狗熊了。在一次上山打猎的时候，他碰到了一只老虎，手无寸铁的他闭上了眼睛。突然他听到了搏斗的声音，他睁开眼睛一看，原来是那只狗熊回来了。狗熊把老虎赶跑了，他高兴地上去爱抚着狗熊说道："太好了，上次我打了你还疼吗？你跟我回去吧！"

狗熊说："早就不疼了，可是你说过的那些话却还在让我疼，而且很疼很疼。"狗熊说完头也不回就又回到了后山中。

僧人的故事讲完了，大家都在感叹说过的话竟然会有这样大的伤害，惟独这个年轻人却是一副不屑的样子，僧人又从口袋里取出了几颗钉子对年轻说："你去把这几颗钉子钉在树上。"年轻人按僧人的话去做，把钉子钉在了树上。

年轻人刚回去，僧人又说道："你去把钉子取下来。"年轻人没有说什么，又回到了树下准备把钉子取下来。可是年轻人费了半天的劲，用各种工具折腾了半天才取下了一颗钉子。

僧人来到了年轻人身边，用手指着那个钉子留下的痕迹说："就是拔出来，那又能怎么样呢？树干上不是还留下了深深的伤痕吗？就像那个故事里的狗熊一样，虽然棍子留下的疼早已消失了，可是那个人说过的话对它的伤害却是终生难忘的。"

僧人又看了一眼年轻人，接着说："对别人有所伤害的话，就像钉子一样，尽管你能取回来，可是你留给别人的伤害就像钉子留在树上的疤痕一样是永远消除不了的。"

年轻人听了，顿然大悟，他说："我现在终于明白出言不逊对别人会是多么深的一种伤害了，谢谢大师的指教。"僧人听了点头称是，然后飘然而去。

世界上对别人最深的伤害永远是语言，当我们对别人出言不逊的时候，也就是把钉子钉进了别人的心中，而且这样的伤害是永远无法弥补的。

千万不要出口伤人，因为语言对别人造成的伤害永远无法弥补。

载于《智慧背囊》

人与人的关系一般都是以善报善，以恶报恶，言谈也是如此。你若以恶语伤人，他人也会以恶语相加；你若不以恶语相向，他人也不会以恶语相对，也就不至于恶语污身。这是一个人际关系问题，也是一个道德修养问题。

五角钱的等候

文/凤　凰

一颗好心抵得过黄金。

——莎士比亚

那天晚上，我和妻子看了一会儿电视后，就出门散步。来到中心街，遇到一个卖锅盔的老太太。我和妻子都喜欢吃锅盔，况且那时又有点饿了，而且老太太的锅盔很香，于是我们便买了两个。我递给老太太四块钱，然后和妻子转身就走。老太太的锅盔闻起来香，吃起来也香，我和妻子吃得津津有味。吃完了锅盔，妻子对我说："这锅盔真好吃！比咱们楼下那家店里的好吃好几倍！等会儿我们回去的时候，再去买几个，明天当早餐。"我说："好呀，我也正有此意！"

没想到，我们走了两条街，就遇到了一个很久没见的朋友，朋友邀请我们去他家坐坐，我们就随朋友去了。一坐就坐了一个多小时。从朋友家出来的时候，已经十一点过了。我对妻子说："这么晚了，那个卖锅盔的老太太肯定收摊了。我们不走中心街了，走那儿要多走两条街的路程。"妻子说："多走两条街就多走两条街呗，人家做生意的，十二点钟也未必收摊。我们去碰碰运气！"是的，城里有的摊子，十二点钟也不收摊。于是我们绕道走，去中心街买老太太的锅盔。

来到中心街，老太太的摊子还在，她也还在，而且她旁边还多了一个人。我们很高兴，便向她走去。我们看见老太太在朝这头张望着，看到我们，她赶紧奔了过来，笑着说：“我总算等到你们了！”我们吃了一惊，我说:“你等我们？有事吗？”老太太笑着说：“你给我四块钱，我要找你五角钱，还没找钱给你们，可你们转身就走了，后来我就只好等了。现在总算等到你们了！”老太太赶紧将手中的钱塞给我。我说：“锅盔不是两块钱一个的吗？”老太太说：“是两块钱一个，买两个，就只收三块五，这是我的规矩！”我说:“是这样呀！你的锅盔真好吃，我们就是特地绕道来买点回去的！”老太太听了，高兴地说：“好呀，还有一些！”

来到老太太的摊子前，那个守摊的年轻人看了我们一眼说：“哦，等的就是你们呀！我妈为了找五角钱给你们，可多守了一个小时的摊，平时，我妈这摊早就收了！”我和妻子吃了一惊，为了找五角钱给我们，老太太多等了我们一个小时。我和妻子都很过意不去，赶紧选了几个锅盔，付了钱，对老太太说：“真对不起，让你等久了，快回家去吧！”老太太笑着说：“没事，没事，要是没把钱找给你们，我一晚心里都不会踏实的，现在总算放心了。等你们，看，又等来了生意！”

后来，每当经过中心街的时候，我就看看老太太的摊子在不在，在的话就去买她的锅盔。不在，就会想起她的等候来。其实，要找给我们的钱，我们走了，一点也不知道，她完全可以不找给我们，完全可以不必等候我们，可是，她却为此多等候了一个小时，把钱找给了我们，只为了心灵上的安宁。钱不多，只五角钱，但是，老太太这样的等候，却让我比得了大奖还愉快，还激动。

每每经过中心街，看到老太太的生意都是极好。我相信，老太太的生意那么好，一定与她的等候有关。她的锅盔，散发着人性的芬芳。

载于《做人与处世》

那些让人记住并动容的，往往是那些细小的快被人丢失的美好品质。

放下"放下"

文/凉月满天

什么时候学会放弃，什么时候便学会了成熟。

——谚语

卖了房。

又买了房。

卖房要定价，要到中介所挂单，要揣着钥匙带人看房。

买房要看地盘，要到现场监督施工，要坐在自家的沙发上畅想未来。

卖房的时候心里有不忍，抚摸着自己设计的月洞门，回想刚搬进去那年的八月十五。天地苍茫，孩子尚小，被我们牵着小手，走在小区外面的马路上，月亮很亮。

买房的时候心里有展望，要有茶室，茶室要有门额，门额题什么字好呢？叫个"月凉轩"怎么样？窗上要挂竹帘，墙上要铺一幅《兰亭序》，地上铺地毯，放矮桌，盘脚卧腿坐蒲墩。室外有小院，小院里要放长椅，秋天到了，落叶绣在长椅上。有朋自远方来，我给他们用素油炒自己种的青菜。

我不淡定，甚至为这事好几个晚上睡不好觉——就是这么俗的一个人，放不下、看不透、想不开，有的时候还拎不清，羡慕李叔同，却做不到像他那样抛妻弃子入空门。就算有一天剃度落发，将来我的小孩要是被欺负，我怕我会第一个拎着菜刀杀上仇家的门。我也舍不得我一砖一瓦攒起来的家业，也舍不得我一笔一画拼出来的文章，《盗墓笔记》《鬼吹灯》之类的书如此销魂，光让我读典籍不让我读它们也是万万不能。

所以，我有罪恶感。

因为我写过一本书，名字叫作《有一种智慧叫放下》，里面贯穿一条红线，就是禅的“放下”精神。李叔同放下了，义玄放下了（我们正定有临济寺，他就是那临济宗的大掌门），那么多佛门弟子聪明人都放下了，可是我自己却放不下。被人欺负会怒，吃了暗亏会闷，着了气会胸口痛。

后来我想开了，放不下就放不下嘛，放不下有什么了不起。

俗人俗世，诸多困扰，心给缠得喘不过气，于是佛说放下，放下。可是放眼世界，营营役役，真放下的又有几个？对了，晚上散步，我还看见过大猫领小猫过马路，一个月大的小奶狗把脑袋塞进大狼狗的嘴巴里面，大狗也不肯咬，还有俩小胖妞跳拉丁舞。尘世风景我的心里无不屑，林林总总都是好。佛说放下！这都是幻境！可是我爱的就是这幻境人间，有情烟火。

就好比感冒发烧，如果“放下”是强行退热的逆势疗法，放不下则是顺势疗法。嘴里念着权，心头萦着情，手指头按着计算机盘算金银，一来二去的，总有一天人也大了，绮念也淡了，争斗也看开了，这股子放不下的劲也就放下了，烧也就退了。你看世上那些成了精的老家伙，未必人人都奉行“放下”为金科玉律，到最后不都淡然无一事了吗？所以说放下也好，放不下也好，到最后不过是走一条“丫”字路罢了，左走也是对，右走也不错，两路总归是一辙。

只是我们把“放下”给捧得太高，仿佛只此一途，别无正道，唯有它才是救心良药，结果不知不觉的，“放下”就成了一种思维霸权，谁若是觉得自己的牵挂太多，淡定太少，就觉得做人是失败的，都不好意思跟别人打交道。

可是“放下”，那都是浴血而生，火里涅槃的。佛放下，那是因为佛面对过真正的残酷，所以他的坚强就是真正的坚强；接触过真正丑陋的，所以他的美好就是真正的美好；体验过真正复杂的，所以他的单纯就是真正的单纯；他曾经满满地提着这一切的残酷、丑陋、复杂，穿过尘世，然后又恢复到了坚强、美好和单纯，所以他的放下才显得了无挂碍，浑身轻松。这种放下的状态最坚实，最稳定。

因为一点小情小调，小伤小痛，就想要放下，这会儿看似放下了，一想到买房、购物、孩子上托儿所、鞋城里卖的鞋在打折，马上一路飞跑。一边跑一边自谴，觉得自己咋恁俗，恁堕落，恁不高人呢……可就是没想到一件事：人活着本来就很累了，咋还那么左右互搏地自虐呢？

既然提尚且提不起来，放又有什么资格说放下？既然放不下，那就提着吧。

提到看透了，想开了，想不放下都难了。

再说了，佛说放下，佛说的话就一定是对的吗？我就是放不下，放不下有什么了不起？当你这样想的时候，你已经把“放下”这个执念放下了。

载于《文苑》

没有什么放不下，也没有什么值得一直执着。

夜行驿车

文/商艳燕

思维是灵魂的自我谈话。

——柏拉图

儿时随父母由南向北由北向南地穿梭，在故乡与北方小城的梦境里往返，对于一个年幼的孩子来说，故乡里没有乡愁，有的只是一条长长的铁轨，铁轨上穿行着长长的绿皮火车，以及火车上说不清的快乐抑或寂寞。

记忆最终总会将时光凝固成为一些瞬间，仿佛那就是生命里曾经的全部。北京是中转站，每次从小城到北京，从北京到小城，车上颠簸着的仿佛都是深夜，然而那样的夜是不需睡眠的。火车仿佛被涵洞大口吸进腹中，咆哮着闯进夜的另一种形式，两侧是微微发黄的灯光，似乎已习惯了这样风一般掠过，也习惯了这样急速的相遇与别离，我想它们的寂寞一定是重重叠叠的，与岁月有关，却又与岁月无关。军人父亲的面庞是如此年轻，在一明一灭的闪烁里，他的温情尽显无余。父亲奔向的是他的故乡，或者是客乡，而我们守在父亲身边，父亲就是我们的依靠，就是家的意义。60 多个涵洞，全部穿梭后已是一个小时的时间，我们乐此不疲地数下去，每次都像是第一次在数。60 个涵洞，60 分钟，速度就这样狂热地吞噬了我们的童年，将那个年轻的父亲远远地丢在80年代的朴素里，将那稚气的孩子们丢在了一个又一个涵洞的深邃里。

一去不复返的岁月啊，仿佛夜行的驿车，耳畔依然有涵洞里的风，打搅了灯火的梦。

在一些单薄的快乐里，仿佛总是找不到姐姐的影子。她只比我大3岁，5岁就拉着我和弟弟的小手去学校，放学后带我们去拔草，秋收时和母亲去队里收粮食。探亲的父亲向已经不记得他面容的我和弟弟张开双臂，姐姐却早已和母亲下地干活。在母亲的口中，姐姐被奶奶打，被姑姑欺侮，可是这些，我和弟弟统统没有承受。那个过早承担苦痛的姐姐，却只是越长越坚强。来到北方小城后，夜行的驿车里，没有母亲和姐姐的画面，她们两个总是守在家里做活，把回乡的路留给父亲、我和弟弟。

然而关于大姐的记忆，或许是我这一生都不能淡忘的。从部队里出来的姐妹二人迷了路，一直走到很黑很黑的夜，姐姐背起我，我只是觉得困，最后她背着我走到一个军营，看到灯光和一个年轻的哨兵。那时的我5岁还是更小？我记不清，只知道姐姐那么瘦小，却背着胖胖的妹妹走了很长的路。爸爸妈妈赶了一辆驴车来接我们，我恍惚躺在了母亲的腿上，身上盖着父亲的外衣，不知顺着怎样的路向回返，夜终于安全了，重重包围着我的眼皮。小毛驴踢踏踢踏地将地面踩出节奏，我恍惚看到姐姐的笑容在无边的黑夜里被泪水打湿。

我睡着了，身子在夜行的路上晃动，如涟漪将回家的路肆意蔓延。

那个少年有着精致的面庞，或许是青春才有的光泽，我总是觉得难以直视。骑车时他故意捏闸，我感觉到他温热的后背触碰我羞涩的青春。他有一双巧手，也有一颗童心，和小孩子在一起时快活幽默，全然没有与我在一起的困窘，我想，爱孩子的男孩儿是错不了的。然而我们之间有着难以逾越的距离，我摇摆不定。我业余学了裁剪，有一次去北京参加展销会，我叮嘱他归来时一定要接我，然而归途时意外堵车，一堵就是一夜。那时没有手机，只能徒然地祈盼不论多晚他都可以等下去，并暗暗地想，如果他一直在等，那么我就不再犹豫。就那样在车上等待着前方的车辆疏散，夜一点点卷上来，又一点点退下去，而我们最终没有缘分走在一起。

多年后相遇，各自在各自的命运里老去，我想起那段长夜，车停在某处决然不前，就像我们的缘分注定就此分别。

2 月干冽的冬，一日间却飞到南方湿冷的绿，随老公到海南工作，飞机穿破云层，阳光原来躲在高处，可是落回地面时，依旧是连绵的雨。同乡来接我们一家，城市的僵硬被甩在车轮后，我看到两侧幽深的森林静默，原始的夜与现代生活仿佛两重天，一时间竟不知是梦是真。数月后踏上归途，列车在轮船上过海，竟无丝毫晃动之感，船上灯火通明，如白昼，过了海却依然是长夜，又让人不知是幻是真。

一度我是不喜爱自己的城市的，或许是待得太久便生了厌倦。踏上海南路，我也一度是欣喜的，然而待得越久，我便越思念自己的城市，乡愁溢上来了，捂也捂不住。归家的夜车啊，第一次带给我的是这般纯粹的期盼。

偶尔会陪着老公带着孩子去看望县里的婆婆与亲戚，40 分钟的车程，冬天回家时，看着天光早早地一点点暗下去，灯火点亮了长路，我总是不肯有短暂的休息。我喜欢望着车窗外不同的风景，任凭它们从我的眼前一点点消失，就像是童年，总是睁大了双眼，感受着不一样的道路。我总是渴望抓住时光，渴望与夜行的驿车一样，摩擦着风。

许多相遇与别离，都是迅疾而易逝吧，许多快乐与忧伤，也都是这样短暂却又悠长吧。也许文字就是我夜行的驿车，载我奔向更多更远的明日阳光，每一个现在会成为过去，每一个现在也都会凝结未来，我的夜行，我的驿车。

载于《疯狂阅读》

许多相遇都是迅疾的，一些悲伤也是。我们像是行走在夜间的人，边走边感悟。

让爱转起来

文/孙道荣

爱别人，也被别人爱，这就是一切，这就是宇宙的法则。为了爱，我们才存在。有爱慰籍的人，无惧于任何事物，任何人。

——彭沙尔

晚报上刊登了一条简短的求助信息，一位单身的王姓阿姨，因家庭困难，想帮年近八旬的老母亲求助一辆轮椅。她和老母亲住在一起，靠两个人微薄的退休金为生，相依为命。

两个人的身体又都不好，特别是老母亲，有心脏病，还有糖尿病，身体非常虚弱，只能常年卧病在床。但是，医生又有医嘱，天气好的时候，最好能经常将老太太带出去，晒晒太阳。王阿姨说，老母亲自己走不动路，而她一个人，又根本搬不动母亲，如果有一辆轮椅，她就能经常推着老母亲出来晒太阳了。

这条豆腐块大的求助信息，夹在厚厚的晚报中，却掀起了一股不小的波澜。当天下午，就有人打电话给报社，愿意将家中的一辆轮椅，送给王阿姨。

王阿姨老母亲的轮椅，当天就有着落了。然而事情并没有完，还是不断有人打电话给报社，表示愿意将自家的轮椅捐助出来。短短几天时间，就有 24 位好心人要捐轮椅，而且，仍然不断有人加入进来。

听说王阿姨的轮椅已经解决了，捐助轮椅的好心人又纷纷表示，可以将自己家的轮椅，捐助给其他有需要的人。于是，一个旨在将更多闲置的轮椅“转动”起来，让更多有需要的人从中受益的公益活动，在一群好心人的推动下，运作起来。没想到，一个小小的求助，会牵动这么多人的心，成为一个受惠多人的公益活动。

一连几天，我都在关注晚报上的这个连续报道，心中特别温暖，特别感动。我留意到其中的一个细节，那就是捐助来的 24 辆轮椅，其实每一辆的背后，本身也都有一个温暖的故事。

一位 79 岁的老太太，执意要将自家的轮椅捐助出来。她说，这辆轮椅，是孩子当年为她的母亲（孩子们的姥姥）买的礼物，孩子们很孝心，买来轮椅，让行动不便的姥姥可以坐着轮椅出去转转，散散心。姥姥最后的时光，很幸福。老太太说，自己虽然年龄也大了，但身体还好，不需要轮椅，所以，执意要将轮椅捐赠给有需要的人。

有位汪女士家里有辆轮椅，那是她买给自己的母亲的。母亲身体不好，走路不方便，买辆轮椅，就是想经常推着母亲出去，走走、看看。汪女士伤感地说，谁知道轮椅买回来后，母亲还没来得及坐一次，就突然发病，永远地离开了我们。汪女士说，把轮椅捐出来，就是想让别人尽尽孝。

一位先生打来电话说，有段时间，岳母腿不大好，出门不方便，我就给她买了辆轮椅，这样，进出就方便了。后来，岳母的腿好了，轮椅就闲置下来了，家里也没地方放，就存在了公司的仓库里，如果有人需要，我随时可以去将轮椅拿回来送给他。

一位中年妇女说，婆婆得了偏瘫病，生活不能自理，她就赶紧在网上买了一辆普通的轮椅回来。后来，婆婆的病情加重了，普通的轮椅不行了，需要有特殊靠背的，她就又买了一辆新的高背的轮椅。这样，以前买的那辆普通轮椅就没用了，希望捐给别人。

轮椅，算是一种有点特殊的物品，不是每个家庭都会拥有。但是，每一辆轮椅的背后，一定都有一个温暖的故事，都有一段人间真情。有的是孩子孝顺年迈的父母的，有的是因为家中有人受伤了，有的是家人行动不便……

有了轮椅，我们就可以在天气晴好的时候，推着亲人出去，晒晒太阳，看看蓝天，听听鸟鸣；有了轮椅，在亲人团聚的时候，就不会落下任何一位；有了轮椅，亲人就可以随时和我们在一起。轮椅是什么？很简单，轮椅就是不遗、不弃，就是爱。

每一次，在公园，或者街头，或者医院，或者小区的楼下，看到有人推着轮椅，慢慢地行走，我都会驻目，心中充盈着温暖和感动。坐在轮椅上的人，尽管白发苍苍，或者一脸病容，亦或缠着绷带，但他们的脸上，一定都含着一丝欣慰。

让轮椅转动起来，就是让爱转动起来，永不停歇。

载于《情感读本》

生命因爱而伟大，生命因爱而鲜活，不然，就徒有一副躯壳而已。

儿童节的礼物

文/入世无尘

友谊是灵魂的结合，这个结合是可以离异的，这是两个敏感、正直的人之间心照不宣的契约。

——伏尔泰

儿童节即将来临，孤儿院的院长珍妮一改往年的习惯，决定不自作主张为孩子们买礼物，而是让他们自己先定礼物，然后再买回来送给他们。珍妮把这个好消息告诉了孩子们，孩子们都欢呼起来，他们早就想拥有自己喜欢的礼物了。

往年，珍妮买回来的礼物，他们几乎都不喜欢。每个孩子都在纸条上写下了自己最喜欢的礼物，珍妮一一收起来，统计好。她发现，有五个男孩子都选了玩具手枪。原来，这些孩子都有一个梦想，想当一名警察。

孩子们的梦想，就是珍妮的快乐，她希望每一个孩子都能实现梦想，做一个有所作为的人。而她呢，就是要让他们健康地成长，帮助他们实现自己的梦想。

珍妮带着礼物清单上了街，出门时，她还带了两个孩子去帮着搬礼物。那个调皮的汉斯也嚷着要去，珍妮担心自己不在，他又做出什么坏事或者欺负别的孩子，于是便把他也带上了。路上，珍妮嘱咐汉斯，上了街得乖乖跟在她身后，别到处乱跑也别捣乱，否则就不给他买手枪了。

虽然汉斯满口答应了，可是真的到了街上，他就开始调皮捣蛋了。独自跑到一边，这儿看看，那儿望望，还动手去摸摸这样东西，把鼻子凑过去闻闻那样东西。那些可以吃的东西，他看得两眼放光，就差没有伸出舌头去舔它们了。

也难怪汉斯这么好奇，因为他平时就很少有机会上街，更难得见上如此多的东西。当然，至于各种美味，就更是难得一尝了。孤儿院的经费很有限，募捐的收入也并不多，所以孩子们难得吃上一点好东西。

珍妮回头发现汉斯不见了，顿时就叫了起来："汉斯！汉斯！"她真担心汉斯闯祸了。汉斯听到珍妮的叫声，连忙从人群中钻了出来，笑嘻嘻地看着珍妮。珍妮一把抓住了他的手，再也不肯松开。

她带着孩子们走进店里买东西的时候，这才不得不松开了手。然而，这一松手就出事了，汉斯跑去看鱼缸里的金鱼，不小心将旁边的鱼缸碰倒了。砰的一声，掉到地上的鱼缸顿时就碎了。汉斯一时间愣住了，呆呆地站在原地，不知如何是好。

闻声赶来的老板把汉斯紧紧抓住，连忙问这是谁的孩子。珍妮过去一看，居然是汉斯，不由叹了一口气，他闯祸了。珍妮上前跟老板商量，最终以赔偿鱼缸了事。

珍妮拉着汉斯气呼呼地出了店，教训道："你怎么老是给我添麻烦？我真不应该带你出来！你等着瞧，你的手枪我不会买给你了！"听到珍妮这样的话，汉斯呆了，他知道，珍妮这次真的生气了。不发手枪给他，这是对他最大的惩罚。汉斯心里十分不乐意，但他知道自己错了。

之后，汉斯一直默默地跟在珍妮身后，再也不敢离开半步，他希望珍妮能够收回她的惩罚，因为他太想得到一把手枪了。汉斯的梦想是成为一名警察，虽然现在他还不是警察，但他却很想拥有一把手枪。

拥有手枪的念头，已经在脑海里盘踞了整整两年。眼看到手的手枪没了，汉斯恨不得打自己两个耳光，自己太不小心了，害得珍妮赔了一个鱼缸。早知这样，就不应该出门来。后悔的汉斯忍不住偷偷地流下了泪水，又偷偷地擦掉了。

买好所有的东西，珍妮带着孩子们赶回孤儿院。路上，珍妮让其他两个孩子帮着拿东西，但就是不让汉斯拿任何东西。可见，珍妮不相信他，担心他不小心又惹出麻烦。一路上，汉斯只好默默地跟在后面。

回到孤儿院，那两个孩子把汉斯闯祸的事告诉了大家，大家都很生汉斯的气。许多孩子听说珍妮在儿童节不发手枪给他，都说珍妮做得对，就该这么惩罚一下他。还说像他这么爱闯祸的孩子，根本不配拥有手枪，更不配成为一名警察。

听了大家的话，汉斯沮丧到了极点，他本来还想回来后，让大家替他向珍妮求求情，把手枪发给他，现在看来，这个想法也只能打消了。整整一天，汉斯一言不发，也不跟大家玩，好像病了似的。

珍妮发现了汉斯的异常，她说：“汉斯，你可是个男子汉，自己犯了错，就该承担责任，难道你还委屈了不成？”珍妮说得没错，他是个男子汉，闯了祸撞倒了鱼缸，赔了一笔钱，孤儿院受到了损失，而他这个肇事者，理所应当受到惩罚。

汉斯不再期盼得到手枪了，当然，他不会怪珍妮，也不会怪大家。并且，他决定不再惹是生非，不再伤害珍妮，不再伤害大家。六一儿童节这天，珍妮给孩子们分发礼物，每个孩子都得到了他们想要的礼物，只有汉斯，没有得到他想要的手枪。

虽然珍妮已经买回来了手枪，但就是没有发给他。汉斯得到的，仅仅只是一个蛋糕而已。当汉斯看到其他四个想成为警察的孩子拿着他们心爱的手枪玩耍时，他走到一边，泪水无声地涌了出来。

这天晚上，汉斯早早就上床睡觉了，他做了一个梦，梦见自己拥有了手枪。然后，他醒了，醒来他发现床上真的有手枪，不但有，而且还是五把。汉斯明白，其他四个孩子都不约而同地把手枪给了他，而珍妮，同样也把手枪悄悄地发给了他。“谢谢你们！”汉斯涌出了幸福的泪水。他爬起床，把孩子们的手枪还了回去，就是珍妮发给他的手枪，他也放在了珍妮的桌子上。他不需要手枪了，他是一个最幸福的孩子，因为他曾拥有五把手枪。

载于《初中生之友》

如果你曾这样为别人着想过，并试图跟大家建立友谊，那你就该明白，这一切都源自爱，唯有爱才能让你们在一起。

我并不要刻意感动谁

文/段奇清

要是一个人的全部人格、全部生活都奉献给一种道德追求，要是他拥有这样的力量，一切其他的人在这方面和这个人相比起来都显得渺小的时候，那我们在这个人的身上就看到了崇高的善。

——车尔尼雪夫斯基

有人说，他的事迹太感动人了！他却说，我并不想刻意感动谁，只是为了追求自己的一份快乐和幸福。

在年轻时，他最爱看的就是电视节目中和报纸上那些给人捐款的事了，可他那时总感到很惭愧，因为他收入微薄，家庭负担重，拿不出钱来去做善事。

23岁那年，一天，他听人说，一个急需要输血的病人因医院缺乏血浆，结果不治身亡。听到这，他心中难过了好半天。后来他想，既然医院这样缺乏血浆，自己为何不到医院去献血呢！自己没有钱去做好事，可胳膊一伸，这血就可以汩汩而出。

第一次献血时，仿佛有一股暖流在心头涌动，他觉得自己已打开了人生快乐幸福的闸门。这时他才明白，难怪很多人做善事，原来做善事可以让人得到这么大的好处啊！

可是那天，他骑了自行车急急地赶到扬州红十字会中心血站去献血，没料到，血源管理科科长周健却拒绝了他，他急了，几乎和周健吵了起来："我每流出 400 毫升鲜血，说不定就可救活一个人的生命，这样的事你为什么不让我做呢？"周健说："不是不让你做好事，只因国家有规定，一个人一年只能献两次血，你还是一年以后再来吧。"他不相信这是真的，直到人家拿出盖了大红印章的文件他才遗憾地走了。

最初一段时间，由于工作不固定，他的工作地点也就经常变化。变化的是工作地点，不变的却是献血做好事追求快乐幸福的心。他这颗滚烫赤红的心从扬州到南京、徐州、南通、上海、太原等 10 多个城市，就像一面鲜红的旗帜不断移动着飘扬在人们的心头。

直到 1994 年，他进入中石化扬州石油分公司江都邓庄油库，他才有了固定义务献血的地方。从江都到扬州血站有着 20 多公里路程，该献血了，他会骑上自行车，到血站献完了血，再慢慢地骑自行车回家。

献血后，一般人会有一种疲惫感，有人说，你骑自行车不会有危险吗？就是乘公交车也要不了多少钱呀！他说，没事，这么多年我都是这么过来的，骑自行车时，当心一些，速度慢一点就行了。

他为什么要节约这么一点钱呢，原来每次献血后，他也就有了 200 元的误工交通补贴，他想，这样一来，一件事就可得到双份的快乐与幸福。因为可以用这钱资助贫困的孩子去上学。他开始是将这 200 元连同口袋中的 50 元一起放进红十字捐助箱。后来随着自己工资的增加，献血后他放到捐助箱的钱也就越来越多。

曾一度让他最为纠结的就是一年只可献两次血，两次血献过之后，那种漫长的等待总让他的心空落落的。2006 年，一个消息让他特别振奋，原来，国家规定一个人除了每年献两次血以外，还可以每月捐献一次血小板。从此，到了该他去捐献血小板的时候，不管是刮风下雨还是结冰下雪，不管是骄阳酷暑还是电闪雷鸣，他都会毫不延误地去捐献。

“当一个人要执意去做善事的时候，就绝不能在乎日子的清贫。”他说。走进他的家中，一间 30 平方米的房子、一张单人钢丝床、一张双人木板床、一台旧电视，居家“大件”仅此而已。在当地，还流传着有关他一件棉袄的感人故事：

2003 年春节后，他与同事中石化扬州石油分公司的员工陈宝海，在公司开完会回油库的途中，看到一家商店普通的休闲装正在搞特价，每件只要 85 元钱。当时他只想陪着同事看看，可陈宝海硬是拉着他也买了一件。

8 年过去了，陈宝海的那件衣服早已不知去向，可他却将那件衣服当作奢侈品。他穿着它过年，穿着它参加“扬州好人”“中国好人”的颁奖典礼等，如今还有八成新。

就是这样一个俭朴的人，18 年中献血超过 8 万毫升，相当于 15 个成年人血液的总和。他还资助山西吕梁等地 180 多名贫困学子，累计捐款 50 万元。所资助的 180 名学子中有 21 名上了大学，他要努力让他们一直念完大学不为钱发愁。

是的，他就是王文清。

他并不想去刻意感动谁，只是要追求自己的一份快乐与幸福，可就有千千万万的人被他感动，人们愿意聚集在他的身边。在他的带动下，江都已有 4000 多人参加了义务献血，有 82 人先后与吕梁山区贫困孩子结成帮扶对子。

除了献血、捐款外，近些年来，他更是没有双休日、节假日。别人休息时，他不是在工作岗位上，就是出现在帮扶对象身边。江都中心血站一位王姓的会计说："为了取得帮扶对象的第一手资料，王文清数次前往吕梁山区……真的，我们不能不被他感动，真想和他一样献份爱心。"

王文清总说："一个人最大的幸福就是帮助别人。"

一个以助人为幸福的人，与其说是一种境界，毋宁说是找到了一处精神高地，也许他不想标榜什么，可大家分明已看到了一面指引着人们通向人生快乐幸福的旗帜在自己心中高高飘扬……

载于《做人与处世》

有些慈善更像是一场华丽的噱头，一次成功的作秀，但有些爱却是发自内心的付出。不讨好谁，不欺骗谁，更不图什么回报，我只是想去帮助某些人而已。

留一声问候给秋天

文/何小军

若知四海皆兄弟，何处相逢非故人。

——鲍溶

此刻，我懒懒地躺在办公室的沙发上，眼睛盯着天花板，脸像天花板一样发白。窗外，霏霏细雨夹着冷风飘进窗来，落在我的脸上。我拽了拽衣服，冷秋到了。

我朝窗口看去，对面厂房里那一个个洞开的窗口，在风雨中扭曲着脸，做出一个个嘲笑的表情。

“那些平时像苍蝇一样围在身边转的人，像被杀虫剂喷过一样，立时不见了踪影。”我心里骂着，内心泛起树倒猢狲散的凄凉感，真是心比秋冷。

几个月前，我押上自己全部的家当与一家公司合作投资了一个项目，当时那家伙说得天花乱坠，谁知那厮只是个空壳，没多久卷起全部资金便消失得无影无踪。为了填补资金窟窿，我四处借钱却又四处碰壁，我焦心得欲哭无泪。

我后悔呀，后悔当初不应物欲膨胀。

这时，有人来敲门，是邮递员，他递给我一张汇款单，要我签收。这个时候还能收到钱？真是奇迹。我使劲睁大眼睛一看竟是十万元。再定睛一看，汇款人居然是松子。

我与松子是从小学到高中的同学，关系特别好。高中毕业的酒会上，松子一手端着酒杯，一手搭在我的肩上说，军哥，咱俩不管以后在干什么，在哪里，都是一辈子的哥们儿，有福同享，有难同当。我说，对，苟富贵，无相忘。说这话时，有点像当年的陈胜、吴广。

八月初秋，我拿到了省城一所大学的录取通知书，松子却名落孙山。他说，我这辈子就是种田的命。听这话时，就像一块寒冰捂住了我的心。

大学毕业后，我留在了城里工作，松子在家守着那一亩三分地。由于离家远，我只有每年的春节才回家，一年也只能见到松子一次。每次见他，我问他过得怎么样，他都说挺好的，但我从他那过早苍老的外表和迷茫无望的眼神里，可以看得出他说的那种好的含义。

其实，跟他比起来，我也好不到哪儿去。天天干着自己不愿意干的事，看似忙忙碌碌，其实跟浪费生命没什么两样。

几年后，我告别了那种朝九晚五的生活，毅然下海了。我去了南方打工，几年后，我又自己出来创业，创办了一家小公司，依托原来公司几位老总的关照，我这个小公司一年一年地成长起来。身边也开始天天有一批又一批人围着转，一些同学、老乡纷纷投奔我，我成了他们心目中的大树。但在这些人中，始终没有松子，就连一声恭维也没有。

春节我回家过年，去看望松子，只见三十出头的他竟像是五十多岁的样子，家里除了一台电视机，身无长物，我心里不禁涌起一种莫名的酸楚。我对他说，你干脆到我公司里来吧。他说，年迈的父亲在世，我不便外出。知道他是个孝子，就不强求，我悄悄地在他枕下留下一万元钱便默默地离开了。

看到松子的生活，让我更加坚定了一个信念，这个世界没钱就没有尊严。正是这一念头，让我陷入了万劫不复之地。

我赶紧打电话跟他确认。这才知道，他用我留给他的一万元钱承包了村里的果园，那果园有几十亩，这几年正是盛果期，加上市场行情很好，每年都有好几万元的纯收入。今年水果还没上市，他就早早地收到了销售商的包销定金。从老乡那里得知我遇到了困难，他就先给我寄过来了。

老话说，男人有泪不轻弹。此时的我，捂着那张汇款单，趴在沙发上禁不住号啕大哭起来。在我风光的时候，松子没有来烦我。在我最困难的时候，却得到他无私的帮助。

这十万元对于我来说仍然是杯水车薪，但无疑是肃杀的秋天里最温暖的问候。

我终于知道，留一声问候给秋天，这才是最真挚的哥们儿情义。

载于《格言》

兄弟抱一下，说说你心里话……有时候觉得，兄弟真是世界上最温暖的词汇了。那些曾经拥抱过的胸膛，依然温暖如斯。

第三辑

把美丽移进心里

这就是为何有些人，不管变得多么衰老，依然不失他们美丽的原因了，原来，他们将美丽从脸上移进了心里。有一颗年轻美丽的心，远比年轻美丽的容貌重要，只要人人心存美丽，世界也就会变得更美丽。

往事如烟

文/崔永照

乐莫乐兮新相知。

——屈原

盛夏的风，燥热起来，虽然太阳才刚刚升起。

江门市悦民公园里静悄悄的，大地刚从晨曦中睁开惺忪的睡眼，露珠还在花瓣或树叶上滚动。已早早赶来的姜宏，漫无目的地在公园里徘徊。

往昔的温馨和感动还历历在目。刘娜一袭白裙向他走来的时候，带来的是浓郁的春天气息，洋溢心田的感激。

那是一个小燕子剪开垂柳细叶的春日，姜宏首次到江门市出差，赶到市里已是夜里十点钟了。疲惫不堪的他忽然看见有一个人飞快地向他冲来，还没弄明白怎么回事，手中的包就被那人抢走了。他大声呼救，拼命追赶，路人却都若无其事似的观望。包内有公司公章，与几家公司要签订的合同、现金，丢失后损失惨重。就在姜宏绝望的时候，远远看见有人在拦截小偷。他赶到时，不敢相信自己的眼睛，见是一名女子与劫匪搏斗，她的手被抓破了几处，鲜血直流。姜宏和那名女子合力制伏了劫匪，闻讯赶来的警察把他带走了，姜宏要给那名女子包扎伤口，她却拒绝了，连姓名都没留下。

老天总会给人安排猝不及防的事情。第二天，姜宏在中天公司见到了那名见义勇为的女子，她竟然是公司经理的秘书刘娜。姜宏讲了她勇战歹徒的事，言语里尽是感激。说希望今后双方能更好地合作，让业务和友谊实现双赢，公司领导频频点头称是。

处理完业务后，姜宏几次邀请刘娜吃饭，她都谢绝了。

离开江门市的前一天，姜宏再三邀请，刘娜才赶到饭店。那晚她喝了几杯酒竟然哭了，哭得一塌糊涂，说姜宏不用感谢她。她的男人在国外做生意时，跟一个洋妞好上了，刚把她甩了。那天见到劫匪，搁平常是没有勇气制止的，可那时心情不好，觉得一切不在乎，就是有啥意外，对一个连死的心都有的女子，那又算得了什么？姜宏激动地说，这不是理由，是你本善良，当时那么多人一个比一个冷漠，可只有你这个弱女子挺身而出，他也为她的不幸婚姻而难受。

第二次到江门市，两人在一起吃饭时，酒后的姜宏放声痛哭起来，刘娜莫名其妙。刘娜细心开导，才知道姜宏因工作压力大，患上了抑郁症，可又不能跟亲朋倾诉，心里郁结的抑郁愈来愈重，真怕哪一天会崩溃。

刘娜叹了一口气，说："我是市志愿者协会的志愿者，兼职心理咨询师，或许我能帮你?"

姜宏笑了，这真是喜从天降啊，那我一定好好配合你"治疗"。后来两人联系得紧密起来，一般都在江门悦民公园交流，他们几乎走遍了公园里的每一寸土地。每次刘娜都认真地陪着姜宏谈工作、谈生活、谈理想、谈未来、谈人生的得与失，劝导他要保持一颗平常心，要时刻做到淡泊名利，宠辱不惊。姜宏回到家里，他们还通过微信交流，成了知无不言的好朋友。半年后，姜宏的抑郁症竟奇迹般地彻底治好了。

姜宏生日那天，他们相约在江门市，看到意气风发的他，刘娜长长地舒了一口气。中午姜宏请刘娜吃答谢宴，做最真诚的表达，还说了很多感谢的话。喝得有些醉意朦胧的姜宏提出要抱抱刘娜，她给了他一个礼节性的拥抱。姜宏想吻她，她却严词拒绝了，说我们要做“大写”的人，不能做龌龊的人，你我只能做朋友。姜宏为自己的鲁莽道歉和自责，他们约定，要让纯洁无瑕的友谊天长地久。

两人间交往，一般都是姜宏打电话的，那天刘娜破天荒地打来电话约他，他心里有种说不出的感觉。见面后，刘娜说要到深圳去发展了，朋友间再叙叙旧，今后交流的机会可能就越来越少了。他们敞开心扉谈得很尽兴，姜宏想给她一些资金算是报答，她没有点头，却说：“你也去做名志愿者吧！”他们告别时，天空竟飘起了细雨，丝丝缕缕缠绕人的心扉。

几年后，刘娜又到国外发展去了，两人便失去了联系。

姜宏也做了本地的一名志愿者，默默地奉献着爱心，传递着真情。他每次到这座城市出差，还会赶到悦民公园走走，一任思绪奔涌。姜宏站在这里就想到刘娜的善良和无私付出。原来这里有他的一份寄托，如此温暖和惬意，感觉天更蓝，水更绿，花更艳，生活有别样的滋味和韵味，竟也有痛彻的痛，隐隐约约，不远也不近，便多了怅然若失。

他总会看见公园池塘里的荷花，正绽放出甜美的笑脸。

是的，那荷花依然亭亭玉立、冰清玉洁。

载于《文苑》

缘分天注定。你真的无法预料在何时何地会遇见一个什么样的人，然后遇见了一份很纯洁的友谊，开出了鲜艳的花。

转角咖啡馆

文/许家姑娘

结庐在人境，而无车马喧。问君何能尔，心远地自偏。

——陶渊明

忽然间，已攒下一帮老友。

忽然间，已沉淀出一片岁月浅滩在身后。

多年前，我混于一个论坛，报纸副刊的选稿论坛，叫“扬子文苑”。那时候，真是有激情，一天不上几次论坛就辗转反侧不得安宁。看自己的文章，也看别人的文章。

编辑的网名也叫得深远、有幽趣——“午后的遐想”。我们常常丢掉遐想，直称她“午后”老师。午后每天来论坛里选稿子，初审通过的稿子，会在文章标题后面留下金贵的三个字“已下载”。所以，每天晚上，上论坛，看谁谁谁被下载了，一帮五湖四海的坛友，隔着薄薄的显示屏，拱手相庆，跟帖祝贺。

隔那么半个月一个月的样子，被下载的稿子中，终审未通过的，午后发帖，列出被毙的稿子题目。那是最人心激奋的时候，一个个被毙得人仰马翻，却依旧山花烂漫。

那真是一段文学很纯的时光。

后来，一帮子人觉得不过瘾，谋划着来次小聚会。

“五一”长假，在南京。都是第一次见面，啊，你是“503”啊！啊，你是“红泥醅酒”啊！啊，你是“风中立人”！怎么怎么？你是“乡下玉米”？对啊，对啊，我是许冬林……

大家AA制，租了一间会议室，还请来编辑午后老师。没想到午后是那样优雅美丽的一个女人，像一块老玉，温和、圆润、通透，又博学多智慧。她娓娓道来，谈我们每个作者的文字，谈大家今后的写作方向。然后，三三两两合影，一张又一张，又热烈又腼腆地秀各种姿势。《扬子晚报》的记者后来也来了，还带来一面长而红的条幅，上面印着扬子文苑网友聚会的字样。我们牵开那红条幅，在饭店的后园子里照了张大大的合影，背后是一丛江南的细瘦紫竹，枝叶婆娑。

下午，一帮人换地点，转战街角一家咖啡馆，这是个有些僻静的地方。我们好像是一路走过去的，那时，南京的老梧桐还没有被大肆砍伐，浓荫交叠，阳光覆下来，落在头上肩上脚尖上，都是绿色的。我们就那样，穿过长长的梧桐荫，去咖啡馆，却不为喝咖啡。我们是谈文学啊！臭味相投的一帮人，惺惺相惜，热爱着文学如同热爱着亲人，像梁山好汉一般仗义地谈对方的文字。

谈文学，其实，是以文学的名义，相互喝彩，相互鼓劲。以文学的名义，聚会、务虚，但是觉得值，觉得生动，有意思。

晚上住在宾馆里，有文友的关系，宾馆额外打了折。晚饭是南京大学的一位教授请的，没想到教授也隐身为网友“东山银杏”，也在论坛发帖，和我们一起，为文学而狂欢。他说许冬林啊，你不要选择全职写作，那样太累……

心底一阵热热的感动。文学的小道上，是这样前呼后应，古道热肠，大家相逢一笑，珍重珍重！

第二天早上，我们离开南京。去车站前，特意去报亭买了一份当日的《扬子晚报》，那报纸还散发着刚出厂的油墨香，还登着我们头天聚会的大合影，上面紫竹青葱丰饶，枝叶婆娑，像我们每个爱文字的人，像我们的内心。

最难忘那个叫苏苏的女子。

她从连云港来，她站了六七个小时的火车，为参加这样一个小小的聚会，这个没有冠上任何奢华霸气口号的聚会。她来，只为爱文学。和我们一样。

当天在南大的晚宴，她也没有参加。匆匆忙忙，只为了赶火车，只为了赶着第二天上班。

瘦瘦高高的苏苏，烫着卷发，有着苏北女子特有的明朗和绰约。曾经，有某前任国家领导人去他们工厂视察，下车间，苏苏穿着蓝色的工作服，在领导的身后，高高挑挑的，很有一种蓬勃的朝气。那张照片似乎是在苏苏的手机里，我们传阅着看。

那时，我相信苏苏的文字会走得很远。

她给我寄过当地的《连云港日报》，那上面登了我的小文章。还记得苏苏在那篇文章旁边写了一两句话，写了“冬林”两个字，大意是对我的鼓励和赞赏。苏苏的字，工整娟秀，有清气，像苏北四五月的水稻田。

好像热情不可能总是持续成熔岩喷发的状态，慢慢就慢下来，就懒下来。“扬子文苑”那个投稿论坛后来渐渐就不大去了，不止我，其他文友也渐渐懒于跟帖谈论文章的得与失了。博客开始兴起来，之后又有微博，万象更新，大家都埋头打理自己的一亩三分地，上论坛的人就越来越懒了。

还好，还有个作者群。偶尔有什么，大家会在群里聊上几句。多半时候，群里也是冷清的。好像所有写稿的旧友们不在写稿，便在闭关打坐。

得知苏苏去世，也是在群里。

凛然一惊，惊了又惊。苏苏是得肺癌走的。那么年轻的苏苏，像棵白杨树一样挺拔又高挑的苏苏，怎么会得肺癌呢？她的孩子还小啊！她的文集还没出版啊！

那段时间，群里是长长短短的叹息，为苏苏。之后，相继有回忆悼念苏苏的文章，贴在论坛里，是否被下载皆不在意。只想着，要对苏苏说话，觉得苏苏还在文字里，还和我们在一起。

我没写悼念苏苏的文字。我读着他们写苏苏的文章，但我自己写不下去。我的心里像覆着一层霜草，不敢翻，一翻自己就觉得冷。

狐兔之悲。

是一种深深的狐兔之悲，震得我好长一段时间怕对键盘。同为女人，同为一个热爱文字的人，我和她，甚至我们一帮昔日的坛友，我们身上都有太多相同的东西。臭味相投啊！是工整地过日子，过烟火日子，又迷恋在烟火之间，有些不同寻常的清逸与悠然。

后来，在群里，看见苏苏的 QQ 还亮着，那是苏苏的爱人在登录。苏苏的爱人在咨询群里的文友们，关于出书的事。他正在筹备给苏苏自费出集子，虽然苏苏已经走了一年，我的眼泪下来了。

我转身问身后的家人：“如果有一天，我像苏苏一样，忽然走了，你会不会像苏苏的爱人，也来收集我的文字，整理出版？”

问的时候，泪水又下来了。我知道，生命有多薄，有多脆弱。

忽然就想起关于一个论坛的如许之多的点滴，是因为新近，昔日的坛友又建了一个群，叫“转角咖啡馆”。拉进去的人啊，一帮旧人，当年“扬子文苑”的老主顾。503 啊、风中立人、马浩、更深的蓝……群主叫一碗月亮。那年的“五一”，那个下午，穿过梧桐荫的咖啡宴，她没参加。她在家，生孩子，错过，众人都以为是憾事。可是一想到有个小月亮生出来，众人又大笑。这个叫“转角咖啡馆”的群，连上群主才 10 个人。真是个小圈子，可是，真好！

朋友说她在英国常常去逛咖啡馆，可是在下午，喝咖啡的人大多是老者。那些老者，吃过午饭，然后戴上帽子出门，沿着一条长长的街道走下去，走到尽头。常常，在深巷，在街角，会有一间古朴的咖啡馆。老人们走进去，三三两两围成一桌，喝咖啡，聊天，不时爆出笑声。黄昏的阳光斜斜穿过玻璃门，在地上印出一片融融的白光，老人们于是再次戴上帽子，起身回家。

一定是一帮老友了，来喝咖啡，都不需要事先约定。

我希望这个世界多些转角咖啡馆，在我老的时候，可以随意走进去，热热地喝杯咖啡，跟认识的和不认识的，都可以平平常常地聊天。

我希望，在喧嚷的尘世间，多一些转角咖啡馆这样的小圈子，来接纳匆忙的脚步。

说追随文学，毋宁说，我欢喜有这样的一些时光：可以在这里握手言欢，也可以在这里黯然神伤。

载于《文苑》

每个人都是匆忙的，从一个地方，奔赴另一个地方，没有休息和停留。可是这种状态真的就充实吗？其实不尽然。

六千步的长度

文/杨宝妹

爱就是充实了的生命，正如盛满了酒的酒杯。

——泰戈尔

重庆西南边陲之地有一座鲜为人知的千年古镇——江津中山镇，立于此镇往南30公里，便可亲触云贵两省的交汇之林。几年前的中秋，一支户外旅行探险队曾在无意中走到了这里。

前方已没有继续行进的山路，目及之处，皆是绵延不绝的莽莽苍山。此刻，他们已经徒步了整整两天两夜。

没有腾升的炊烟，亦没有登山采药的农人。无奈之下，他们只得做出沿路返回的决定。正当众人转身欲离开之时，一位手握望远镜的小伙儿忽然发出了兴奋的声音："看哪！对面山上竟然有条路！"

路是人走出来的，此地乃是人迹罕至的原始森林，怎么可能会有拾级而上的路？

这条来历不明的路，成了众人心中的导航灯。他们顺着这条布满新鲜凿痕的路，缓缓而上，足足两个小时才抵达山顶。

眼前的景象惊呆了这支户外探险队的所有成员。在云雾缭绕、清风拂面的山顶，不但有成片的蔬菜和茁壮的玉米，更有

《桃花源记》中的屋舍俨然。

顷刻，身着老式蓝布衫的一男一女背着柴火从山林中走了出来。探险队的成员不禁被眼前的情形所吸引，便从包里掏出相机，眯着眼睛，咔嚓一声，照了张相。谁知，这个看似平凡无奇的举动，竟把女人吓得惊慌失措，一个箭步躲在男人身后，再不肯出来。

没人知道，在这片云蒸霞蔚的森林中，竟隐藏着一段长达56年的惊天动地的爱情传说。

他叫刘国江，第一次见她的时候，他尚且是个不谙世事的孩子；而她，却已为人妻。当地有种风俗，换牙的孩子，如果能得到新娘的抚摸，那么，日后长出的新牙势必洁白整齐。

母亲抱着他去了，他啊啊地张着嘴巴，等待她的抚摸。他被大红的花轿吸引住了，全然没有注意到持续下落的口水。母亲拍拍他的后背，他猛然回过神儿来，在闭上嘴巴的同时，也狠狠咬住了她的手指。

所有人都笑了，他记住了她的名字，徐朝清。

十几年后，丈夫病逝，她成了身系四儿的苦命寡妇。他毅然不顾家人的反对，誓要娶他为妻。但在那个思想保守的年代，没人能够接受一个年轻强壮的小伙儿与年长其十岁的寡妇结合。

村里流言四起，那些恶毒的话，直到今日，他仍然记得一清二楚。

为了躲避红尘纷扰，在一个下着清幽细雨的夜里，他勇敢地牵起她的手私奔了。

从此，他们的世界里只有孩子与荒坡，只有流云与山峦，只有六千万年前的褐色丹霞地貌与侏罗纪时代的桫椤树。

她越发想家了。她对他说，想回家看看，毕竟来世一遭，不论如何，皆不可六亲不认。可她已不复当年的矫健女儿身，为了圆她这个日渐苦涩的梦想，他决定为她修一条回家的路。

她得照看年幼的孩子，兼顾家务，没人能够帮他。因此，开山凿石的重担，全落在了他一人身上。一个人要修完一座高山的石梯，而手边却没有任何现代化的工具，只能依靠最原始的铁锹和铁凿——这项庞大工程的难度，丝毫不亚于精卫填海。

从此，他早出晚归地开山修路，累得几乎瘫倒在地。他从没想过放弃，尽管争分夺秒地干了一年，也只能敲出百米之距。

他记得，他修第一级台阶的时候，尚且是个黑发健齿浑身蓄力的小伙子。敲着敲着，头发就白了，再敲着敲着，牙也掉光了。

时光荏苒，五十年的岁月悄然而去。终于有一天，他发现梦中的路，竟在不知不觉中修成了。为了送她一条回家的路，他把铁锹凿烂了 23 根，铁镐刨坏了 45 把。

林中多雨，山路易滑，他怕她在回家的途中摔跤，因此，在沿路的峭壁上凿出了许多扶手，好让妻子在行走的时候能有所依靠。

我想，世间没有任何语言能够形容，当他第一次牵着她的手走下这条用尽一生为她修的山路时，那些在她心中澎湃不息的心疼和感动。

没过几年，他去世了。临终前，他左手握着生前修路用过的铁镐，右手紧紧抓住她的手。成年的孩子们都哭了，因为不论如何努力，都拉不开母亲执著的双手。

这六千步的长度究竟给我们带来了什么？是一座耸立在浮

华时代天地之间的爱情丰碑呢？还是为我们真实地丈量了一位平凡男人如何从健硕青年走到蹒跚白发的苍茫？

载于《意林原创版》

情不知所起，而一往情深。世间伟大的爱，大多数都是这般替对方着想，固执而又痴傻。所有赞美的语言都是苍白的，就像如鲠在喉无语凝噎一样。

逃票的男孩

文/夏　丹

不得乎亲，不可以为人；不顺乎亲，不可以为子。

——孟子

我所在的城市，依旧还保留着可敞窗外望的绿皮车。

当我第一天值班时，我就知道，这个硬挤上车，衣衫褴褛的小男孩，一定没有买票。可当我跟随列车长经过一列列车厢检票时，竟然没有看到他的身影。我心里顿时有些恍惚，很想知道，这个孩子此刻身在何处。

半小时后，我提着长长的扫帚清理走道。路至一半时，忽然从座位下蹦出一个活物。我定睛一看，这不就是那个消失了的小男孩吗?

我正欲讯问他，他倒抢先说话了："叔叔，我没买票，我没有钱。要不这样吧，我帮你清理走道，拖地，你不要检我的票了，好吗？你放心，我一定不会给你添麻烦的。要是有人查票，我就躲到下面，不让你为难，好吗?"

说实话，在没有踏入这个行列之前，我心想，我绝对不会徇私。只要是在我的车厢，不管是谁无票乘车，我都会把他赶下去。可在那一刻，我却被他的真诚打动了。

我没说话，背着手走了。他说了声谢谢，便在我身后呼哧呼哧地干了起来。

后来，我发现他每个周末都会来搭车。他很怕见到我，总是在人群中躲闪，等到一有时机，便倏然消失在我的视线里了。

小站的检查并不严格，因此，导致中秋前夕有人携带鞭炮上车。当通红的烟头被扔弃到座位下面，烧着装有一大串鞭炮的口袋时，小男孩如狼狈的家犬一样瞬时腾越而出。

噼里啪啦的鞭炮声吓坏了车厢里的所有乘客，少女的尖叫，男人的怒吼，婴孩的惊啼，乱作一团。

我恍然蒙了。要知道，发生这样的事故，倘若燃烧起坐垫等物品，就算不伤到人，也意味着我将终生下岗。

小男孩脱下破旧的外套，双手撑开，以肚皮为后盾，重重地朝那串跳跃的鞭炮压去。

黝黑的肚皮下，一阵阵沉闷的声响，让我揪心。因为他的勇敢与善良，车厢里迅速恢复了平静。

我把他叫到我的办公室，想当面好好谢谢他。

我拉着他的手问："孩子，你为什么不坐汽车呢？这样，就方便多了。"

他苦笑道："叔叔，我坐过，但是不买票的话，司机一定会把你扔下来的。火车不一样啊，即便我没钱买票，只要上了车，就不用担心有人赶我。出站，我可以顺着铁道走，直到看见一条灰黄土路，穿过它，就是我家了。"

"你为什么不买票呢？到你每次所下的站，只需要两块钱啊！"片刻之后，我问了这个让我迷惑许久的问题。

他扳着手指在我眼前，边晃边说；"叔叔你看啊，我妈妈起早割一背猪草大概可以卖七毛钱，两块钱的票，大约需要三背猪草。一背草至少得半个小时，三背的话……"

对数字一向反应迟钝的我，这次竟被这些数字给感动了。

之后，我再没检过那个小男孩的车票。即便是列车长前来，我也会让他安安稳稳地躺在我的办公室里睡觉。因为我觉得，检出一张完整的车票，远远不如检出一位乘客的善良之心重要。

载于《意林》

世间有了伟大的母爱，必然会有另一种爱跳出来与之回应，那就是孝心。百善孝为先，一个孝顺的人，一定是有大爱的人。不论现在的生活如何贫瘠，他终归会在某一天坚强并好起来！

让爱去爱

文/倪西赟

心心相印的人，在悲哀之中必然会发出同情的共鸣。

——莎士比亚

世上，总有缘深缘浅，总有爱恨无常。原以为和父亲之间，只有浅浅的爱，可没想到十几年后，我终于和父亲，再次相亲相爱。

一

“小兔崽子，等会儿看老子怎么收拾你！”

父亲喜欢用“老子”这个词称呼自己，所以，我也一直称呼父亲为“老子”。

小时候每次听到这句话，我绝对不可掉以轻心，因为老子几乎从不食言，之后我绝对是跑得一溜烟！

父亲是个军人，是个活泼不足，威严有余的军人。自从复员后，对我一直“关照”有加：在家里，我吃饭要规规矩矩，吃饭不能发出声音，脚不能蹬在桌腿上，要平放在地上；有客人来了，不能上桌与客人同坐；上学了，我写字绝对不能马虎，否则会被老子一巴掌打得劈头盖脸的。

他说字像弯着长的树苗，能成材？去地里干活，不能偷懒不能马虎，否则准会被饿上一天。他说不好好种地，以后连饭也吃不上。如果哪天我做了坏事，比如折断了路边上的小树踩倒了人家田里的苗，他要知道了，肯定会暴揍我一顿！他说把你的手脚折断看看疼不疼？

老子不善于表达自己，只会用动作“纠正”你，从小我就记恨着老子。

我得不到老子的宠爱，所以和老子天生不那么热乎。

读完书，我在南方的城里安了家。老子嫌我和妹妹都在外边成家，没有个人在身边。我在城里安家了很多年，他硬是一次都没去过。

我每次回去，和老子的交流仅限于“回来啦”“我走了”等简短几句话。看到老子的腰板一年一年地不再挺拔，一年一年增添了不少白发，我也挺揪心的。我劝他要好好照顾好自己，但他的嘴巴依旧生硬：“老子十年八年的还死不了！”一听这话，我的气就不打一处来，常常愤愤地走开。

月明星稀，夜凉如水。从门缝里看到老子一个人在院子里坐着发呆，我的心又好疼。我不知如何劝他、爱他。所以，我经常逃避正面对老子表达爱，但心里却又疼着老子。我想他也一样，爱着我，却又死撑着面子，真是看着很烦，走了又很挂念。

二

我终于说服老妈让老子来城里住，那是在儿子五岁的时候。

老子刚来两天就吵着要回家，说这里的生活太拘束，进门要换鞋，抽烟要去阳台，天天还得洗澡，规矩太多。

“你老是咋咋呼呼地干什么？你觉得这里规矩多，你以前的规矩也不少，不也是成天把孩子管得严严的？再说了，你刚来就走，对孩子连点热乎劲儿都没有，哪像个当爹当爷爷的样子？”老妈吼了他几句，真把他震住了，从此再也没有说过走。但是，老子很孤独，他不看电视、不逛街、不说话，很多时候都在抽闷烟，一支接着一支地抽。

一天晚上，我们坐在沙发上。我靠近老子，有意和他亲近亲近，想找找当儿子的感觉。老子也和我靠得很近，看样子也有话想和我说。我知道他想说的话，他也知道我想和他说的。

可是，我们就那样静静地坐着，回忆与现实来回穿越，夜晚静得能听见彼此的心跳。我们之间储存了十几年的话，终究没说出来……

情，不是一朝一夕就可以养成的，是的，这么多年了，我们终究还是生分着。

我想给老子端盆热水，蹲下身子给他洗洗脚，而他慈祥地端坐着，用他那粗糙而温暖的大手，轻轻抚摸着我的头说一声：“乖儿子”；我想给老子剪剪那能伤着他的手指甲，仔细地给他剪着，听剪刀在静静的夜里发出清脆的声音；我想和他躺在一张床上睡觉，说着话，拉着呱，在他的臂弯里，不知不觉地睡去……可我却什么也没有做……

三

当儿子明仁睁着大大的眼睛，问我为什么不爱和他玩了的时候，他发现了我的不快乐。

我对明仁说：“因为没人陪爷爷玩，我又没有时间陪他玩。”

“这个好说，你不在家的时候我陪他玩。”明仁大人样地拍拍自己的胸脯。

明仁的话让我眼前一亮，是啊，何不让他去爱老子呢？我茅塞顿开。

明仁很听话，有事没事就跑过去和老子黏糊，明仁把和我很亲昵的动作也都用到了老子的身上，一会儿摸摸老子的胡子，一会儿亲亲老子的脸。老子从来没有这样和我亲昵过，所以对明仁过于亲昵的动作也不习惯，总躲躲闪闪的。可是，经不住明仁的腻歪，最后，他渐渐习惯亲亲孙子的额头，挠孙子的痒痒了。

我上班的时候对老子说：“我把你孙子惯坏了，没有规矩，您帮我调教调教吧，该打就打。”老子冲我摆摆手说：“打不得，打不得。打儿子没人敢说什么，打孙子人家笑话，隔着代呢！”

哈哈哈，我走出家门，乐得肚子痛。

我知道老子唯一的爱好就是打打牌，而且只有在打牌的时候才会放下紧绷着的脸。我经常怂恿明仁去找老子打牌，于是明仁屁颠颠地去找老子打牌。老子不想和孙子玩，但又不能不玩。

和孙子玩牌后，才发现还有更大的麻烦：他不能赢孙子，赢了孙子，孙子就哭，哭得一把鼻涕一把泪的。输也不行，输了孙子说他不当真和他玩，央求爷爷认真点玩。老子常常很是无奈，但我知道他心里是冒着泡似的快乐着。

看着老子被孙子整治得服服帖帖，我心里乐开了花。

四

“开春了，再不回去种地，就赶不上节气了。”老妈对老子下逐客令。

“急什么急？晚几天也不怕，福还没享够呢。”老子一反常态，大胆地反驳老妈。我知道，老子有点儿不想走了，这段时间他和明仁已经形影不离了。

在当老子把对儿子的爱，全部用到了对孙子上时，犹如山洪暴发！

在临回家的前一天晚上，明仁主动要求和爷爷睡在一起。爷俩叽里呱啦，聊到很晚才睡。

我半夜起来，蹑手蹑脚地到爷俩房间。借着窗外的月光，我看着明仁紧紧搂着老子的脖子，老子紧紧搂着明仁的小屁股。老子那满脸的皱纹，就像一朵盛开的菊花。

终究，老子恋恋不舍地回去了。

为了不让这根爱的连线在时间里折断，只要有假期，我都会带着儿子回老家和老子团聚。

最美的是在家乡，夕阳西下，倦鸟归家。

当我和老子在田野里劳作完，踩着松软微凉的泥土沿着田埂回家，老子一把抱起孙子明仁举过头顶，稳稳地放在他脖子上的时候，我看见了老子内心的柔弱，我看见了老子满脸的笑容，我看见老子从心底荡漾着的快乐。

世上，并不是所有的爱，直接去爱就会有爱。如果你的爱曾经搁浅，曾经隐藏，曾经受伤，无法抵达，无法马上去爱。那么，就尝试找到另一种爱的方式吧：隔着爱，爱得更持久！

载于《疯狂阅读》

亲情是连接爱的纽带，愿这爱，一直延续下去！

爱与尊严

文/孙道荣

世界上是先有爱情，才有表达爱情的语言的。在爱情刚到世界上来的青春时期中，它学会了一套方法，往后可始终没有忘掉过。

——杰克·伦敦

朋友问她，今天就是最后一天了，如果他准时出现在楼下，你会答应他，做他的女朋友吗？

这是她和他的一个“约定”。他和她，偶然相识，他爱上了她，对她展开攻势，穷追不舍，甚至有点死缠烂打，大有不达目的誓不罢休的劲头。但是她不喜欢这样的方式，而且她也不能确定，以他这样火热的性格，到底是真的爱她还只是一时冲动。所以，她一次次拒绝了他，有时语言甚至很生硬很过分，但他一点也不气馁，继续想尽一切办法接近她，讨好她。

她简直有点不胜其烦了。便托人转告他，如果真的爱她，那么就证明给她看。每天晚上7点，到她们宿舍楼下站半个小时，连续一百天。而别的时间，请不要来骚扰她。

他竟然答应了。

第一天，吃过晚饭，她在宿舍里看书，同寝室的姐妹喊她，快看，他真的来了，就站在树底下呢。

她探头看了看，还真是他，她淡淡地笑了笑，管他呢。

一连一个星期，他都准时出现，站在大树下。有时就那么笔直地站着，有时则绕着大树转几圈，有时又仰起脖子，望一眼她们宿舍的方向。看你能坚持几天，她心里想。

那天，下了一天的雨，到了晚上，雨下得更大，风也更急了。

7 点，大树下，又出现了那个熟悉的身影。是他，斜撑着一把伞，被风刮得都有点变形了。姐妹说，这么大的雨，估计他半身都要淋湿了，要不喊他一声，今天就不用站半小时了吧？

她没想到，这家伙还真倔，大风大雨丝毫也没能阻止他。但是，为什么要喊他呢，又没人强迫他，是他自愿的。

和以往一样，直到 7 点半，他才离开。

还有一次，她们看到，他笔直地站在大树下，几个男同学恰好路过，和他热情地打着招呼，有个男生还试图拽了他几把，似乎是想把他拉走一起去做什么事。但他挣脱了，几个男同学哄笑着走开，他继续站在大树下。夜色下，看不见他的脸色，一定有点狼狈吧。但他站立的身影，很坚决。

每天，和新闻联播一样准时，他出现在楼下，大树下面。半个小时后，消失在黑夜中，从无例外。

他竟然真有这么大的耐心和恒心，这是她没有料到的。尤其让她意外的是，除了遵守“约定”每天出现在她的楼下外，他真的再也没有出现在她的身边，没有表白，没有“骚扰”。这一切，让她的心，开始悸动了。

时间过得飞快，一转眼，99 天就过去了，就差最后一天了。

第 100 天，好像天公故意配合，一扫往日灰蒙蒙的景象，空气澄澈，仿佛也是为了来庆祝这个特定的日子。

知道这个“约定”的人们，都在关注着最后一个晚上，这个浪漫的时刻。

面对朋友的问题，她显得有点紧张、无措。她回答说，如果他出现，就证明他是真的爱我的。“但是，但是……”她羞涩而迟疑地说，“我真的不知道，会不会答应，做他的女朋友。”

时间一分一秒地过去，快到7点了，没有人担心他会不来，那么多个晚上，无论刮风，还是下雨；无论是周末，还是假日，他都准时出现在那棵大树下。今天是最后一天了，天气又这么好，他怎么可能会不出现呢？这丝毫也不用担心。人们关注的是，在7点半之后，她该怎样应答他。

熟悉的新闻联播音乐响起来了，但在那棵大树下，空荡荡的，他没有出现，他竟然没有出现！

姐妹们不相信地揉着眼睛。这，怎么可能？

但是，他真的没有出现。

7点零1分，他没来；7点零2分，他还没来；7点零5分，树下依旧是空荡荡的……7点半了，新闻联播都结束了，他还是没有出现。

所有的人都惊呆了，姐妹们冷静下来，想着该怎样安慰她。

她拿出手机，找到他的号码。这么多天，他真的遵守约定，没打过她一个电话，甚至没有一条短信。

姐妹们看着她，不知道她要做什么，打电话骂他一通？

“我决定了。”她对姐妹们说。

有人赶紧劝慰她，也许他是出现了什么特殊情况，今天才没能来。他都坚持了99天，说明他是真的爱你的，千万不要因为这一点点，而放弃了这段感情。

她埋头在手机上写短信，“嘀”一声，发了出去。

她把手机递给姐妹看，短信是发给他的，只有三个字，“我愿意！”

试图劝慰她的姐妹们，反而怔住了，怎么，怎么就同意了呢？

未等她解释，“咚咚——”有人敲门。

一大束鲜花后面，是他的笑脸。

一年之后，在他们的婚礼上，依然有人好奇地想知道，第100天是怎么回事？她说，我也是在那天忽然明白，原来他是用99天来证明爱我，而用最后一天来维护他的尊严和爱的尊严。这样的男人，当然值得去爱。而他说，一个懂你的人，才是真爱。

载于《语文报》

懂你的，才是爱你的。很多人会给你买衣服、买鞋子买包包，可是这些人未必是懂你的。爱你吗？大概是爱的，可是却始终没走进你心里。

雪域孤岛的爱情强信号

文/清　翔

说到底，爱情就是一个人的自我价值在别人身上的反映。

——爱默生

有些地方，似乎应该是没有爱情信号的，但那信号却偏能“嘶嘶嘶”地冲撞人的心房。

2008 年，重庆的她和几人驴友在拉萨玩，驴友们听说她曾去过墨脱之后，顿起念头，让她做向导，一览墨脱这个雪域孤岛的奇异风光。她一听，却把头摇得像拨浪鼓：“这个不在我此次的旅行计划之列，再说，我也没有办理边防证，过不了兵站。”

其实还有一个更重要的原因她没说出来，那就是墨脱太苦。上次的徒步之行，虽说还没到达墨脱，多雄拉山的壮美就已让人的心灵受到震撼。在雪线附近的多雄拉山，既有洁白晶莹的雪，还有喷玉跳珠的溪流，就像粉雕玉琢的阆苑仙葩，而墨脱的美景就更不用说了。美虽美，可要命的是那儿奇寒无比，而且物资极其匮乏。

但驴友们兴致极高地说，既然已经到了拉萨，如不去墨脱，就会留下终生遗憾。在驴友们的执意要求下，也只好一起前去。她不能一而再、再而三地拂逆朋友们的意愿了。

她一边和大家一起走着，一边思考着如何过汗密兵站，眼看就要到汗密了，突然看见在路边有一个宣传牌，一个名字映入她的眼帘：张华林。宣传栏中以热情洋溢的文字，介绍了张华林多年来如何坚守边防的事迹，而且不久前他还救下一个不慎跌落山坡受伤的小孩。

这让她想起来了，一年前她和几位驴友的墨脱之行，汗密站的几位边防兵并不像他们想象中一个个紧绷着一张扑克脸，而是特别活泼热情。就是这个名叫张华林的边防兵，当知道这些驴友是他的老乡时，还一定要请驴友们吃晚饭。

她记得，吃过晚饭后，她和张华林还互留了电话。她当时以为留电话只是出于礼节，这电话或许一辈子就冷清清地躺在本子里了。然而，没想到刚过一年，就要用上这个电话了。她在旅行包中，很快找出了那个记着电话的笔记本。

“没有边防证，那就请从哪儿来回到哪儿去。”电话那端，传来张华林“不近人情”的声音。她有些生气地关了手机，想：“还老乡呢！就这么一件举手之劳的事还要打官腔。”她打定主意，就是打滚撒泼也要过去。

当她惴惴地到了汗密兵站后，没想到，战士却格外热情，还没等她开口说话，见到她手中拿的身份证，就问：“你是重庆人？是不是没有边防证?”她点了点头，这时，边防战士乐呵呵地做了一个“请”的手势。

原来，上级有一个不成文的规定，只要带有身份证，是战士认识的熟人，即使没有边防证也是可以放行的。接下来，发生了更多令她感动的事：有战士抢着为他们背背包，也有战士已为他们煮了暖胃暖身香喷喷的稀饭……

她料想所有这些一定是张华林暗中关照的，是他给这些战士一个个打了电话。这时，她感激地拨通了张华林的号码，问她何以“前倨后恭”？已调到背崩的张华林告诉她，其实他知道她是为了朋友才第二次来到墨脱的，他被深深感动了，电话中的“拒绝”，只是要给她一个惊喜。听了张华林的话，倒是她被深深感动了：一个如此看重友情的男孩子！

当天下午，她和朋友们一起来到背崩，见到了张华林。对他的印象已有些模糊的她记起来了：他是一个一见到女孩子就脸红的大男孩。这一次，她更是感受到了他的稳重、踏实以及一颗赤诚善良的心。

她在这儿已看到了那个跌落于山坡受了伤已被张华林用草药治好的小男孩，在得知小男孩家住墨脱，张华林还没来得及把小男孩送回家时，她主动提出，顺便把孩子带到墨脱与家人团聚。

为了感谢她，张华林和战士们一起请她和驴友们吃饭。墨脱物资短缺，张华林和战友们翻箱倒柜，把最好的东西拿了出来。“宴会”气氛十分融洽热烈，张华林告诉她，他已经六年没回过家，信虽说常常写，但前一年写的信第二年才能送到。张华林说这话时，心情十分平静，但她听了眼眶不禁红了起来。

回到重庆后，不知为何她总会想起那个一说话就脸红的大男孩。一天，背崩有一位战士给她发来了短信，说张华林遇到困难了。原来他的父亲不幸病逝，但因大雪封山，他无法回家奔丧，整天愁眉不展。

她想，难得张华林有这份孝心，一定要为他做点什么。最后，她冒出一个大胆的想法：代替张华林去他的县城老家为他服丧。她说，作为投缘的老乡，在他遇到困难时，她应该为他做一点力所能及的事。当得知她的这个想法时，被称为“硬汉”的张华林被感动得哭了。

离她从墨脱回到重庆还不到两个月，她竟然又想去墨脱了。她知道自己已爱上不善言词，却纯洁得如同墨脱的冰雪的张华林了。她给张华林买了一些日用品和重庆小吃，第三次踏上了前往墨脱的旅途。

多雄拉山的雪还有齐腰那么深，幸亏在路上遇到了在背崩做生意的几位老乡，否则，她不知道该怎样穿越过这座山。由于她个子比较小，常常是刚迈出一步，整条腿就陷进雪中，要同行的老乡帮助她拔出来。

当她如同一个雪人般出现在背崩时，张华林竟一时激动得说不出话来。这一次，他们互相表白，确定了恋人关系。

她就是 1989 年出生于重庆市沙坝区的石霞。在得知宝贝女儿恋爱后，石霞的父母一开始非常高兴，但了解到张华林是个远在墨脱的边防兵，他们立刻表示反对。当后来听到女儿的介绍：他对朋友赤诚，对老人孝顺，热心救助受了伤的小孩等，特别是提到一件事后，两位老人终于同意了女儿的选择。

一次，石霞去墨脱看张华林，为了回一个短信，他竟然爬到野外一棵高大的树上。回完短信后，他笑着说，“这棵树就是我们的野外电话亭，因为只有这棵树上的信号特别强。”石霞惊呆了，打电话，发短信，这些在都市里再简单不过的事，于边防战士们而言，却只有爬上树才能完成。那一刻，她的心被彻底震撼了。

2014 年元旦，两人在背崩举行了简单而感人的婚礼。婚后，张华林在服役期满后又主动申请继续服役四年，为了能和心爱的人在一起，石霞辞去了重庆舒适而又多金的工作。在墨脱的多雄拉雪山下开了家客栈，专门接待全国各地的驴友。

石霞说，将来他退伍后，夫妻会双双经营这家客栈，也许挣不到很多的钱，但只要够一家人生活，开心就行。

爱情就是随心而动，正如石霞所说：爱情其实很简单，不过是两个身体和两颗心不断靠拢的过程，一旦靠拢了就永远不分离。

载于《做人与处世》

爱情不过就是相互吸引之后的不离不弃，我们一路都在寻找，寻找那个可以相互吸引的人，后来就找到了。

用责任守望爱情

文/一枚芳心

人生须知负责任的苦处，才能知道尽责任的乐趣。

——梁启超

山村的早晨清新怡人，空气里飘荡着丝丝芬芳，缕缕炊烟穿过树梢，向天空飘去。宁静的农家小院，他搀扶着她在院子里练习走路。她头上戴着帽子，表情木然，走上几圈后，他就让她坐在凳子上休息一会儿。

他蹲在她面前，按摩她的手指和胳膊。她突然把胳膊从他手里挣脱出去，孩子似的拍打着他。他忙说:“乖，是我不好，弄疼你了吧，下次按摩的时候我会轻轻的，好不好？来，我们再走几圈，走完了我给你去买爆米花吃好不好?”她笑了，像一个天真的孩子。

他今年 24 岁，是个帅气英俊的男孩。她是他的未婚妻，比他小一岁，生活不能自理，智力在两三岁水平。原本他们是一对幸福的恋人，但一场飞来横祸，改变了一切。

去年秋天的一个晚上，他和她看完电影沿着公路回家，他走在她的左边保护着她，两人说着刚才的电影，不时笑着，幸福而甜蜜。马上就要到家了，他和她相视而笑。突然，她被后面飞速驶来的一辆摩托车撞了出去，头部着地，鼻口满是鲜血，当场便失去了意识。他急坏了，抱起她边跑边拦车，很快，一辆车停了下来，把他们送到了医院。

经医生检查发现，她的颅内大面积出血，血块压迫神经，必须立即做开颅手术。几天里经过两次大的开颅手术后，她终于醒了过来。望着醒来的她，他握紧她的手，呼唤着她的名字。她却面无表情，不认识他了，连自己的母亲和家人都不认识了，医生说她已没有了认知能力。

她的智力水平变得非常低下，吃饭喝水无节制，大小便失禁，生活完全不能自理。看着她变成现在的样子，他的心十分疼痛。

她一刻也离不开别人的照顾，她的母亲个头矮小，一个人根本照顾不了她。医生说不能让她跌倒，一旦跌倒，以前的治疗就全都白费了。听了医生的话，他毫不犹豫地说："我留下来照顾她，保证不让她跌倒。"

每天早上，他帮她穿衣服、洗脸、刷牙，然后扶着她出去遛弯，回来喂她吃饭，然后再帮她按摩，陪她聊天。说什么他都得思量着，因为医生说不能让她伤心，更不能刺激她，那样不利于她的恢复。他就像哄小孩一样，时时刻刻哄着她。

他的母亲打电话让他回家，因为是家里的独子，他担心家里有什么事，便匆忙赶了回去。原来母亲给他安排了一次相亲，母亲说："你不能再去照顾她了，你也不小了，我们也老了，你还是找个健康的姑娘早点结婚吧。"

他说："那怎么行，她现在正是需要人照顾的时候，我不能扔下她不管。"

母亲说："你结了婚一样能照顾她，可以像照顾妹妹一样照顾她。"他说她是和我在一起时出的车祸，我要对她负责任。

他不顾父母的反对，毅然回到了她的身边。

日复一日，她的病情并无大的进展。无眠的黑夜里，想起年迈的父母无人照顾，想起同龄人结婚后都过得那么幸福，想想自己的付出不知道何时才有回报。他觉得命运与他，是那么冷酷，放弃的念头在他脑海里闪啊闪。

看着睡梦中的她孩子似的笑着，那么单纯。他轻轻地握住她的手，告诉自己：既然走到一起，不管发生什么事，都应该一起坚持走下去。他知道她需要他，他相信她有一天会好起来。他觉得她就像一朵暂时睡意浓重的花，总有一天会醒来。

邻居对他说："你们才相识一个月她就出了车祸，你这么照顾她，还把她照顾得这么好，真不容易。"

他眼圈红了："如果我不管她了，她这辈子可能就完了。我希望她好起来，也相信她一定能好起来。"

上天不负有情人，她的病情慢慢出现了好转，能下床了，在搀扶下能走路了。有时候，嘴里还能蹦出几个词，并能听懂他说的话了。他高兴极了，他觉得黑夜也变得温暖了。

医生说她什么时候能好起来还不确定，就算康复了也会留下后遗症。他说不管将来怎样，他都会继续好好地守在她身边。

他对她说："你快点好起来吧，你好的那天，我们就去领结婚证。娶你做我的新娘子，一辈子也不分开，好不好？"

她点了点头，笑了。

有人问他这样的日子苦不苦，他一脸阳光地说："说不苦是假的，但甜蜜更多，就像等待一朵花醒来，心里是满满的希望。如果你带着责任心去爱一个人，做什么都不会觉得苦。"

载于《思维与智慧》

苦是假的，可是更多的却是甜蜜。等待一个人是甜蜜的，爱一个人也是，被爱同样如此。

不当孩子的面羞辱他的父亲

文/痴情小木子

对人来说，最最重要的东西是尊严。

——普列姆昌德

台湾广告界教父孙大伟每天都要自己开车去上班，有时他的助手也会顺道搭车一起去。

有一天清晨，孙大伟接到助手后，径直前往公司。在经过一个十字路口的时候，还有几秒就红灯了，为了赶时间，孙大伟想提速通过。可就在这时，路左边忽然冲出一对闯红灯的父子，孙大伟赶紧踩下急刹车。虽然有安全带的保护，但他的头还是撞在了方向盘上，孙大伟很气愤，捂着头伸出车窗，大声骂道："你眼瞎啊？没看见是红灯吗？不要命了？"

那人自知理亏，没有说什么，领着儿子仓皇而去。孙大伟开着车继续向前，可刚走一会，他就赶快调头，追上那对父子，孙大伟下车走到那对父子面前深深鞠一躬，然后说了一句："抱歉，请原谅我刚才的失礼，对不起。"说完，返回车上，匆匆前往公司，助手不解地问："明明是他闯的红灯，是他的不对，你为什么还要道歉？"

孙大伟说："我刚才骂他是因为当时太危险了，我没有控制住自己的情绪，这是我的修养不够啊。他闯红灯固然是不对的，但你有没有看到他身边的孩子，当着孩子的面羞辱他的父亲不是一个有修养的人应该做的。如果孩子就此认为他的父亲是一个懦弱的人，这会在他心里留下阴影，影响他的健康成长。”

著名作家罗曼·罗兰曾说：“没有伟大的品格修养，就没有伟大的人，甚至也没有伟大的艺术家，伟大的行动者。”孙大伟的道歉展示了他良好的道德修养，成就了他在广告界教父的地位。

载于《演讲与口才》

我们需要在孩子面前保留做父亲的自尊，而在那种情况下，恐怕也没有比自尊更为重要的事情了。

把美丽移进心里

文/沈岳明

最惨的破产就是丧失自己的热情。

——阿诺德

在一位摄影家朋友处，看到了不少美丽的图片。特别是有一张，正在让我惊讶不知是哪国的何种建筑时，朋友告诉我，那只不过是咱们家乡随处可见的一个废弃的喜鹊窝而已。我带着疑惑仔细看时，还真是喜鹊窝。

一个破败的鸟窝，竟然被拍成了如此“宏伟”的建筑，实在令人惊叹。还有一张图片，我反复研究，也说不出拍的是世界上哪个大峡谷，只是深深地被那份幽深和神秘所倾倒。朋友却告诉我，他拍的是一块干牛粪。一块干牛粪，置于路边，路过它身边的人，可能连看一眼的欲望都没有，可是却被摄影家拍出了它无比美丽的一面。

还有许多平凡、甚至是丑陋的东西，都被他拍出了特别的效果，可以说不俗，或者说美丽。我不解地问他是怎么做到的，他说，只要心存美丽，以美丽的眼光去看世界，那么这世界上所有的东西，就都是美丽的。

想起一个人。她是我多年前供职的杂志社副主编。70 多岁的人了，无论走到哪里，都让人觉得非常美丽，不管是穿着、谈话，还是行动。那种由内而外的美，总是让人由衷地欣赏、赞叹。

有人大胆地开她的玩笑，说："您年轻时一定是个大美人。"她毫不介意地，甚至是俏皮地笑着反问："难道我现在就不美了吗？"人们都开心地笑了起来，说："美，比年轻时更美！"她不仅人美，只要与她在一起，周围的人都会觉得自己也一样很美，就连气氛也是美的。

有记者随机采访她："每个人都会随着年龄而衰老，所以美丽不在，您是如何能做到长久地保持自己的美丽呢？"她说："因为我把美丽从脸上移进了心里。"

这就是为何有些人，不管变得多么衰老，依然不失他们美丽的原因了，原来，他们将美丽从脸上移进了心里。有一颗年轻美丽的心，远比年轻美丽的容貌重要，只要人人心存美丽，世界也就会变得更美丽。

载于《文苑》

容颜的苍老是挡不住的，岁月是把杀猪刀，可心态是可以永葆青春的。你的心还依然年轻吗？

假币变真钞

文/顾文显

言无常信，行无常贞，惟利所在，无所不倾，若是则可谓小人矣。

——荀子

退休工人于老大正趴在小桌上写稿子想赚稿费呢，他的老伴兴冲冲跑进来说:“老于，你还骂我，看这是什么?”于老大抬起头一看，老伴手里拿着一大把票子，他不知发生什么事了，直愣愣地看着对方。老伴笑着说:“那张假钱，让我花出去啦，看你还骂我笨不!”老大一愣，反问道:“怎么回事?你说。”

“我越想越窝囊，脑子一转弯，他们熊我，我就不会熊他们?我上了一辆中客，嘿，买1元钱的票，找回来99元。”于老大一听，顿时黑了脸:“你混蛋!咱们已经吃亏了，怎么还好再坑别人!”老伴让他骂得不敢吭声，心想，我上当你骂我笨;我补救了，你又骂我混蛋，这老婆还怎么当?她退到灶间悄悄地抹着眼泪。

事情是这样的:老于单位裁员，他下了岗，老伴早就没了工作，更是无生活来源。为生活，她只好批点干菜到市场上卖，多少折腾赚个油盐钱。可是，老伴没经验，在市场上忙活一天，到天黑收回来一张假币，气得于老大连声骂她不中用。没想到老伴挨了骂，又拿假币去害了别人，于老大能不生气吗。

于老大越想越窝火，他这人脾气暴，一赌气躺到炕上，晚饭也不吃了。

老伴左哄右劝，于老大就是不吃饭。她能不心疼吗，想想也是，穷死也不该再坑别人，她就说："老头子，你也别上火啦，这钱能还给人家：我坐那车时记住车号啦，尾数是3544，跟咱路口电话厅号码一样。当时我就觉得一定有好运气，花出假钱时，我还仔细端详卖票的小媳妇，心里想，你要是给车主打工的，这钱可就坐蜡啦。老实说，我心里也一直胆突突的，我这就领你堵那车去。"

听了这话，老于这才爬起来，饭还是不吃，跟着老伴来到大街上。站了2个小时，到底让他们堵着了尾数是3544的那辆中客，车上可不就是那位女售票员吗。

于老伴红着脸递过去一迭子钱，对那女售票员说："闺女，你看我这老脸没场放啦，我家老头子弄张假钱，我把它花给了你。我得还你，虽然钱零碎一点儿，这可是真的。"

一句话把女售票员说愣了："大妈，您说啥？我倒是记得仿佛有个老太太拿张百元票坐过这车，可那钱我细看过，没错呀。"老太太说："你看得太多，难免有马虎的时候，不过我可不能坑你，也绝不能让你再坑别人，那假钱你得还我。"

售票员感动得盯住老两口看了又看："真是两位善良的好老人，这车不开啦，帮您二老查找假钱去。"原来这车是她自己的，开车的是她丈夫，她讲了当然算，车子立刻掉头开往江边。

去江边做啥？女售票员记得很清楚，她总共收了8张大票，都交给朋友买皮衣去了。马上去讨，钱没出手，也许来得及。她领老两口很快找到那位卖衣服的朋友，说明情况。

那朋友也很感动："您二老这样做太对啦，这假币真害死个人，它扰乱市场，把不少人的思想都扭曲了。哎，我数钱时认真看过来着，那些大票里没假币呀？"她把那迭钱找出来："大妈，您细看，哪张是？"

老太太找了半天，确实没有，也很奇怪："莫不是当初看花了眼？"

"瞎说！那假钱能认出来的，咱楼下小卖店不是也帮着看来着？"于老大扒拉了那些钱后也直了眼："不对呀，闺女，你是不是搞错啦，那假钱我可绝对认得。"

卖衣服的女子一拍大腿："糟啦，我可能要丢大人，赶紧补救。二老还得跟我跑一趟，做个证，别让老师误认为我们做生意的人见钱坏良心。"她不由分说，拉上大家就走。

原来，那小贩接到售票员的钱，刚回家，儿子在家撅嘴："给你打电话怎么老是不接？学校号召同学们捐款支援灾区，大家都捐了，只剩下我自己，多丢人！"小贩连忙哄儿子："妈事多，没听到手机响，这样吧，咱捐 100 元够不够？"她就是从这些钱里抽出一张百元大票，儿子欢天喜地，接过钱，立马到老师家补捐去了。

"老师若是发现捐的是假币，那对我们孩子，对我们做生意的会是什么印象！"小贩急得脸通红。

到了老师家，老师也奇怪："这张钱我看啦，不是假的！"她把钱递到老两口面前："您二老看，学生还没走，我家就这一张钱，白天捐的都送储蓄所暂存了。"

几双眼大的瞪小的：这张钱也是真币？

果然出鬼啦！于老大抓耳挠腮，半天，一拍大腿："跑不了，是他干的！老师闺女，假币案子破啦，他即使想赖账也没门！”

于老大年纪大不假，可是他搞文学的年头短，就认了位年轻作家小高为师。这小高老师时常到老于家辅导他，也觉得老于生活经验多，听他唠嗑挺有收获，人家谦虚道：“切磋，互补。”老伴不在家，小高可不来过一次嘛，看老于正生气，问明情况，讨过那假币看了看，没说什么，又给夹回那本杂志里了。二人谈了一会文学，对方突然要喝点酒，老于笨手笨脚去切了点咸菜。肯定是他趁这功夫，把假币换了去……“他这是看我们老两口日子艰难，又担心我们为此事总吵架，才故意偷偷换走的……”老于头感慨不已。

女教师听着，竟然被这故事深深地打动了。她说什么也要陪着老两口一道去破这个假币案，说是要把这故事讲给她的学生听，这高尚的品格和高尚的友谊，本身就是一个绝好的作文教材！

找假钱的人越聚越多，直到找到那个小伙子的“家”，原来是艺术馆的办公室。人家刚调到这单位不久，清水衙门，还没分到房呢。

老于说：“小高老师这人，他肯定不会承认偷换了假钱，我得智取，不信你们瞧。”

见了面，老于问：“小高老师，你是不是换走我的假币啦?”

“那钱，我不是还给您了嘛。”小高果然矢口否认。

“不对，你看过后，再没有别人到过我家，我有数的。”

“于大叔，我真的还给您啦，您肯定是喝多酒记串了。”

“哎呀，小高老师，你可坑了我啦！我那张假币非同一般，今天我才知道，它有收藏意义呢，人家给我2500元要收购……"

"这……"小高脸立刻涨得通红，他从一本杂志里找出一张大票，双手递到二老大面前："于大叔，我确实不了解这里面的实情……可是，即使有人要买您的，也一定要搞清楚他是不是真的收藏，我觉得收藏假币也未必合法。"

于老大接过假币，看了一眼背面，哈哈大笑："是它！我怕它再害人，特意在背面做了个作废的记号……"

一直躲在后面不语的女教师在身后开口了："小高……"她进门时用围巾遮住脸，这回掀开，露出真面目。

"怎么是你？"小高也愣了。

女教师对大家说："这事也不算丢人，我实说了吧。今年春天，有热心同事给我俩介绍做朋友，见了几次面。我嫌他话不多，谈着谈着老是溜号，当老师的，顶不喜欢思想溜号的人。我觉得他有些呆气，就提出中断朋友关系。没想到，小高有这么好的心肠……你能原谅我吗？"

小高瞅瞅这个，看看那个，越看越糊涂："到底怎么啦？"

于老大心里可明白："怎么啦？你害我折腾了半夜，差点没饿死老夫……不行，大家得陪我喝一盅去，顺道为你们俩人破镜重圆的事庆贺庆贺，一个也不能推辞！"

载于《小小说选刊》

作为社会上的一份子，我们每个人都有责任在假币面前说不。抵制假货，让生活更美好。

第四辑

给别人爱的清凉

一个人是无法改变爱的本质的，一定要让心灵多一些与人为善的空间。爱是付出而不是期盼，爱是问询而不是强求，爱是既站在自己的角度，也更多地站在他人的立场为别人着想。如此，你自己也能有更多快乐与幸福的空间。

追求完美的代价

文/姜金叶

完美体现在各个细节之处。

——余世维

“这活真不适合男人干!”回家路上小雯说:“他们整理的档案，按要求差远了，出了那么多错误，复查真费劲。咱俩整理的就好多了，复查时那叫轻松惬意。”

还真是，自从分属于几个学校的老教师齐聚档案室，我们就明白整理档案是个很重要的机械性工作，重复因而更需要耐心。对于入档的材料，剪切整齐，再把原编码擦掉重新编码、编页，誊写目录，要求准确。两个月后，全部档案整理一遍，重新打好新目录入档，还要检查新目录是否有错误。这时领导说原来在九类任免材料中的《民办教师转公办教师的审查表》，要放在五类政审材料中，在复查时顺便把这项内容调整正确。复查一开始，就发现了不少问题，我和小雯同住一个小区，上下班可以同路，彼此交流心得。

我运用刚刚学到的心理学知识分析，她属于追求完美的人。告诉她，这样的性格会严格要求自己，也会因求全责备、伤害到自己或别人。小雯说对，问我怎么知道的，我告诉她彼此彼此，我也深受其害，我俩相视大笑。

档案整理人要签名，第二遍复查时先看第一遍整理的人是谁。拿到一本档案，目录的日期没按形成时间写的，需要用刀片轻轻刮去，用橡皮擦去印记，再小心地按照印刷体的样子用碳素笔描好；文件没有编页码的用铅笔编好页码，我和小雯就开始嘀咕不该出这么多错误。说者无心，一老教师出去后没再回来，后来小雯发现他去了别的办公室。我俩马上意识到伤到老同志了，深刻检讨自己的过失，表示再也不从语言上刺激别人了。

达成共识后，对有问题的地方悄悄地改，不再埋怨，这样工作效率提高了不少。但是遇到另一人整理的档案，新入档的材料没切齐，比原来多出一两毫米左右，落到在我俩手中就必须切齐，要不然心里不舒服。但是裁纸机上这么小的边要比划半天还切不好，就这样算了吧，又不是追求完美的人的性格。还不好说出口，以免伤到别人，真纠结。

这天下午，其他老师恰好因事不在，我俩终于可以边说边干。小雯说，“这样的材料要切三面，还是不齐。”我也深受其害：“材料太厚，容易切偏了。”

我放下一盒档案说：“追求完美呢，就是这样，穷要面子活受罪。在别人眼里，这样已经可以了，可是到了我俩手里，必须切整齐。”发现小雯没答话，在仔细涂着胶棒，粘半页纸。“怎么了？”

小雯笑得直不起腰来：“我想切齐了，结果没看到这页横放的，切成两半了，再粘起来吧。这就是追求完美的代价。”

我也苦笑，帮她出主意：“你切好上下，右边对齐，再在左边重新打孔，只需要在原孔位置稍稍蹭一点即可。”小雯大赞我聪明，我说：“聪明什么呀，有一次拿的材料太厚，孔没打准，结果最后三个孔的边成了九个孔。”小雯大笑，原来她拿的那一摞材料恰好就打出了九个孔。

两个追求完美的人因为别人的不完美，煞费苦心，我学的心理学知识不够用了。

载于《时文选粹》

过于完美虽然很麻烦，但是对于工作上来说却是极好的。

笔中情缘

文/孙开元　编译

爱是生命的火焰，没有它，一切变成黑夜。

——罗曼·罗兰

那是1999年的一天，天气炎热，万里无云，我正在埃塞俄比亚的一座桥上站着，忽然一个男孩朝我跑了过来，并且做了个自我介绍。

“我叫马里斯特·德里斯，”他说，“我帮你体验一下埃塞俄比亚人的生活。”说完，他灵巧地把一个编织手链绕在了我的胳膊上。“不朝你要钱——只是交个朋友，好吗?”

“好的，马里斯特。”我回答。

“谢谢你。”马里斯特高兴地说道。

这座桥离巴哈达尔市不远，横跨源头是塔纳湖的青尼罗河水流湍急的主河道。马里斯特刚刚放学，想找个机会练习一下英语。

我低头看了看这个由绿色、黄色、红色三种颜色编织而成的精美手链，然后又看了看眼前的男孩，他的脸上带着灿烂的微笑，容貌可爱，有着一头浓黑的卷发。我知道他的祖国历史非常悠久，当欧洲人还在用泥和草盖房子时，他的祖先就开始建筑石头宫殿和优美的石像了。

“这些颜色有什么含义?”我问。

“绿色象征土地，黄色象征教堂，红色……红色……我想不起来了，也许你会自己弄清楚的。”他咧嘴笑了笑。

然后，他朝我要一支钢笔。

“只要一支钢笔?”我说，“我在非洲遇到的孩子一般都是要钱和好多东西。”

“是的，只要一支钢笔。我们没有笔就没法去上学。我那支今天用坏了，家里很穷，没钱再给我买一支。我真的很想上学，我想以后有一天能当上一名医生或是会计师，所以我必须要学习，你能送我一支钢笔吗?”

我旅行时喜欢带一盒圆珠笔，于是我给了他几支。他高兴极了，再次咧嘴笑了起来，虽然圆珠笔不如钢笔好。

“说一下你的地址，我会给你写信的。”他说。

“嗯，不过你最好给我女儿罗曼妮写信，”我答道，“她和你年纪差不多，我想你们俩肯定会有很多有趣的事情讲给对方。”

回到南非开普敦不久，我女儿就收到了一封信。信封上贴着几张花花绿绿的邮票，还带有免邮费标志，信是马里斯特写的。

“我最亲爱的朋友，”信是这样开始的。他的信是用英语写的，带着漂亮的阿姆哈拉语的书写风格，他在信中谈到了他的家庭、巴哈达尔的村子和他以后成为专业人才的梦想。罗曼妮看到信后很高兴，立刻给他回了一封信。

就这样，两个孩子断断续续地互相通了几年信。可是后来，罗曼妮寄出的信没了回音。是他离开学校了吗?也许他去一家农场干活了，附近没有邮局。抑或者他和很多乡下孩子一样，去首都亚的斯亚贝巴乞讨了，埃塞俄比亚在很久以来都是这么穷。

渐渐地，马里斯特成了我们记忆里的一部分。

2011年，我正在南非自由州省的旅行途中，手机突然响了起来。当时我正在开车，没想接这个电话，但是铃声响个不停，我只好把手机拿了起来。

“你好，”一个声音在电话里说，“你是丹·皮诺克先生吗?”

“是。你是谁?”

“我是马里斯特·德里斯，你在埃塞俄比亚尼罗桥上遇到的那个人，还记得我吗?”

“当然记得了。”我说。

“我是在你的个人网站上看到你的电话的。”他说道。由于这里的信号很差，所以他向我问了电子邮箱。

“我会给你发邮件的。”说完，他就把电话挂了。我一时很纳闷，不知道在那座桥上遇见的那个瘦得跟皮包骨似的穷孩子现在怎么能上网，还能打手机。

几个星期过去了，我没看到他发来的电子邮件，但是后来有一天，我终于收到了一封。

“亲爱的皮诺克，很高兴我又能和你说话了！我试过很多次给你发电子邮件和打电话，可直到现在才能发出。那天能打通电话真是幸运，从上次通话到现在这些天你过得怎么样?”

马里斯特在邮件里说，他最初想去荷兰学习，但是因故没去成。后来他去了伦敦，在过去四年里一直在那里。他在邮件的最后讲了他最好的消息：

“我正在伦敦布鲁内耳大学学习，学的是注册会计师的课程。我们以后保持联系，上帝保佑你和你的家人。再有，谢谢当年你送给我那几支圆珠笔。

你的真诚朋友，马里斯特。”

载于《意林》

有些东西对自己来说可有可无，可是对别人来说，就是一份珍贵的礼物，愿我们都可以播撒爱的种子。

救命钱

文/凤　凰

帮助他人的同时也帮助了自己。

——罗夫·瓦尔多·爱默森

布莱克是一个木匠，他走村串户为别人做家具。他做的家具不但好看，而且十分耐用，因此想请他做家具的人很多。但由于家具成本很高，所以许多原本想做家具的人家最终不得不放弃。活儿不多的时候，布莱克就远离了家乡。虽然他走得远，但很快他做的家具就赢得了主人的赞赏。一时间，使得他名声在外。渐渐地，布莱克接的活儿也就多了起来，当然，他离家乡是越来越远。有时候，一个活儿在这个镇，下一个活儿却又在另一个镇。

布莱克长年奔波在外，虽然很辛苦，但也给了他丰厚的回报。他不辞辛劳地工作，就是为了攒足钱，好修一座漂亮的大房子。到时候，他还将拥有一大片土地，他就可以在家种庄稼，跟家人待在一起，过温馨而幸福的生活了。为了这个目标，他想暂时辛苦一点，其实不算什么。每攒够一笔可观的数目，布莱克就把钱寄给妻子，让她开心一下。当然，他还不忘在寄钱的同时，给妻子写一封信，信里当然是对妻子的思念，对孩子的思念。

转眼间，布莱克就在外奔波了整整五年。在这五年里，他就只回过两次家，他太想家了！他算好了，只要再干一些活儿，就能够修上一座漂亮的大房子了。他想，他的手艺这么出色，到时候，他的房子将由他亲自设计，由他亲自建造，建出来的一定是世上最漂亮的房子，也一定是世上最坚固的房子，他一定会被写进历史。而他建造的房子，不但他能住一辈子，就是儿子和孙子也能住一辈子。怀着对未来美好的憧憬，布莱克笑眯了眼。

布莱克坐上汽车，赶往安德森家。半个月前，安德森就让人给他捎来了话，说有一批家具需要他打造。三个小时后，布莱克按照地址找到了安德森家。安德森的房子刚刚修建好，非常漂亮，他正需要打造一批家具，听说有个出色的木匠布莱克，便请他来做这批家具。布莱克受到了安德森一家的热情款待。因为是新房子，所需要打造的家具也就特别多，布莱克非常高兴，做完这批家具，他就可以回家了，因为到时候，他的钱就足够了。

然而，布莱克的活儿才干了三天，安德森却突然病倒了，需要一大笔钱做手术，于是安德森决定不做家具了，他告诉布莱克，家里已经没有钱了。做家具的材料都买回来了，活儿也干了三天了，布莱克不愿意放弃，说他家有困难，工钱可以先欠着，等以后有钱了再给，他的活儿可不能半途而废。既然布莱克都把话说到这个份儿上了，安德森只好答应他把活儿干完。说实话，他也舍不得放弃，以后再也找不到布莱克这么出色的木匠了。

安德森的病出乎大家的意料，结果家里的积蓄花光了，病却还没有好起来。安德森的妻子安娜四处借钱，可是却毫无着落。看着忧心的安娜，布莱克把自己正准备寄回去的一大笔钱拿出来，交给了她。安娜千恩万谢。这下好了，有了钱，安德森的病终于治好了。一周后，安德森出院回到了家，握着布莱克的手，他双眼潮湿，这是一个多好的木匠啊，不但愿意欠着工钱干活，还把自己的积蓄掏出来帮他，他激动得说不出一句话来。

不久，全部家具打造完毕，布莱克该走了。晚上，安德森说："布莱克先生，对不起！我们暂时付不起您的工钱。您留一个地址吧，我们会想办法尽快把工钱和借的钱一起寄给您！"布莱克留下了地址，说钱也不急着用，等他们什么时候有钱了，再还也行。布莱克知道，就现在安德森家的情况，一时半会儿，是绝对还不上他这笔钱的。安德森手术后，需要休息几个月才能干活，而他家里，还有两个孩子，一家人的开支可真不少！

且说布莱克走后，安德森和安娜商量，布莱克这么好的一个人，绝不能拖欠他的钱。于是他们想方设法，东拼西凑，总算凑足了还布莱克的钱，然后按照布莱克留下的地址，把钱寄了过去，他们如释重负。可让他们没想到的是，三天后，这笔钱却退了回来，原因是：地址错误。安德森和安娜面面相觑：地址错误？这怎么可能？这是布莱克亲自写的啊！他能写错？他们终于想明白了，布莱克看出他们困难，他是不想要这笔钱了！

安德森和安娜心中感慨："他真是一个好人啊！但愿上帝保佑他，让他挣更多的钱，让他们一家人都过上幸福的生活！"可是一个月后，他们得知了一个坏消息：布莱克所乘坐的回家的汽车翻下了山崖，没有一个人生还，并且也没有找到一具完整的尸体。许多遇难的尸体，都被狼吃掉了。安德森和安娜闻知此噩耗泪流满面，好几天都睡不着。没想到，五年后，安德森居然意外地遇到了布莱克。他居然还活着，这是怎么回事啊？

原来，布莱克是准备坐那班汽车回家的，但他想，自己把钱给了安德森治病，回家也没有足够的钱修房子，于是就放弃了回家。布莱克说："幸好我把钱给了你们，要不然我就葬身山崖了。那笔钱，真是救命钱啊！"安德森笑了，那笔钱真是救命钱，救了自己，也救了布莱克。如今，40 年过去了，但救命钱的事布莱克依然记忆犹新，他常常讲给人听，他希望大家明白：你所做的一切，上帝都看在眼里，上帝会保佑每一个好人。

载于《小小说月刊》

好人总会有好报的，有时候看似做好事是在帮别人，其实也是在帮自己。

娘 子

文/许冬林

幽默和风趣是智慧的闪现。

——莎士比亚

“娘子”两个字，好清凉。

读起来，如有一缕汉魏年代的风，细细地吹来，经过苇丛，经过开满蓝色野花的阡阡陌陌。

又觉得端然，像供在高处的一件青瓷，里面插了一枝梅，或者不插，皆好。

不知是今人谦逊，还是俗常，喜欢将相伴一生的那个女子叫“老婆”。在成为老婆婆之前，先叫她“老婆”，叫得灰暗陈旧，叫得提前就老了女心。

叫“娘子”多好啊！在人这一生，山长水远、细细碎碎的日子里，娘子、娘子，就这么一路芬芳地叫下去。叫到寒霜从石阶铺到了枕边，铺到了她的发上，她依然是娘子，娇小玲珑。

去过很多间茶楼，与女友闺蜜闲话日常。总想自己也开一间茶馆，很别致的茶馆，这茶馆的名字就叫“娘子”——是啊，去“娘子”家喝茶。想想，心里先就溢出了茶的清香。那娘子茶馆，要有娘子的韵味：窗外，青青竹篱绕，细细流水淌。屋里，木格子隔开陶红的泥墙，墙上挂斗笠、蓑衣，墙角置纺车、石磨。还要让檐下滴雨，庭前杏花开过莲花开……

这是娘子的茶。

秋夜读书，落地台灯的光，杏花似的，覆盖一书一枕。身边的人已经睡下，我听着他的鼾声，听着窗外虫子长一句短一句的鸣声，忽然感叹：啊，我是人间的小娘子！

是啊，在这深深的凉夜，一个女子，将自己融化在一个极具古意的词里：她是娘子！

此夜，此灯下，此衾中，我的脚趾头勾着他的脚趾头，像两只蜗牛的触角，在软泥里相遇、相偎，默然无须多语。此刻，我不是满身烟火的老婆，不是房贷重压下张牙舞爪的母夜叉。我只是一个娘子，温婉的、安静的、贴着一个男人体温的，不那么强大，不那么孤傲，不那么凌厉。千百年前有过这样的夜晚，千百年后，就是每一个今夜，女人都是这样，又美又静，又柔软，像一片月光下的杏花。我和时间之河里的每个女人一样，在深夜听虫声、鼾声，和一个普通的男人相伴在一片淡淡的光里。

娘子，是比娘更年轻的一个女子，像娘一样地去爱一个男人。接替她去爱，一程又一程。娘子的爱，比娘更丰富、更深厚，像母亲、像恋人、像女儿。娘子和他的男人，搭起人间的巢，种柳种桃，繁衍子嗣。有娘子的地方，就是家，后来成了许多人的家乡。

从前看《新白娘子传奇》电视剧时，最喜欢看许仙拖着青色长衫，老远迎着喊：娘子！娘子！那么漂亮的女人，法术那么高深的妖精，一旦做了娘子就滤掉了江湖野性。相公面前，她低眉、拈花、微笑，成了观音一样的女子。帮他、救他、恕他、寻他，万劫不复，只是为了他——娘子呀！

做白素贞那样的大娘子，太辛苦，我们不做。我们要做小娘子，不那么强，不那么总是被人惦记、算计。做小娘子，就是做做家务生生气，买买衣服欢欢喜。常逛淘宝网店，裙子呀丝巾呀旗袍呀，乱花照眼。最喜欢逛一个店，店名叫“娘子写”。主打旗袍、大衣，尽是文艺女中青年的口味。想象，穿着那传统做工的斜襟旗袍，再披上一件大衣，干什么呢？去赴一场约会。

在茶楼，他等她，为她搬好椅子，为她斟好一杯琥珀色的茶，然后看她和她绲了缎子边的旗袍领子。这样的女子，贤淑贞静又明丽动人，像《诗经》里的一株桃花，该早早娶回家做娘子呀。更深露白，在窗内读书，写字。茶香氤氲中，一盏灯下，呀，娘子陪我写，写写字，临临碑，画几尺水墨……

叫一声娘子，那墨便在纸上洇开了，漫漶一片，是春雨江南的朦胧。娘子，就是那朵明媚的桃花呀，照亮了一纸江南。

载于《文苑》

生活中应该多些这样的小心思，给那些熟悉的称谓换个叫法，给自己熟悉的人换个称呼，生活会不会更加充满情趣呢？

野马情缘

文/庞启帆　编译

人间如果没有爱，太阳也会灭亡。

——雨果

弗吉尼亚的冬天真是太冷了，阿萨提格岛上空的云朵仿佛都已冰冻了，我和祖父咒骂着从车上跳下来。

“野马在哪里?”我哆嗦着问。

“会见到的，孩子。”祖父边说边把他的消防斧头递给我，祖父是辛科提格志愿消防队的队长。

“拿斧头来干什么?”我问祖父。

“在池塘的冰面上劈个洞出来，给马饮水，马得喝淡水。”祖父一边回答我，一边从卡车上拖了两个装满干草的饲料袋子下来。

我点点头，跟着祖父越过灯芯草地以及已经结冰的沼泽地。整个岛都静悄悄的，偶尔一股风吹来，夹杂着海水的味道。

“看这儿。”突然，祖父脱下手套，指着一棵老树的树皮说，“这是一棵有擦痕的树。”我抚摸那擦痕，想象着强壮的野马靠着树木搔痒的情景。

“你认为我会有足够的钱在拍卖会上买到一匹野马吗?”

我问。

祖父笑了，“你有六个月的时间来攒钱。”他眨着眼睛说。我们继续往前走，经过了一大片野葡萄藤和铁线草。突然，一个喷鼻声打破了阿萨提格岛的宁静，我吓了一大跳。

“野马。”我低声道，祖父点点头。我们在冰冻的池塘面上止住脚步。“劈开冰面。”祖父对我说，我使劲地抡起了斧头，不一会儿水就冒了出来。

这时，再次传来了一个喷鼻声，然后是一声马嘶，最后是几声马嘶，整个岛似乎都震动了。八匹野马疾跑而来，身姿是那么优美，我屏住呼吸，呆呆地看着它们。

祖父急忙打开一袋干草，倒在池塘边的地面上。“过来吃吧，马儿。”他轻轻地呼唤道。

为了不影响野马过来吃干草，我们继续往前走。几分钟后，我们的脸和鼻子已经被冻得麻木了。经过几棵树时，我们猛然止住了脚步。“这是什么？”我注视着地面问。

“冻僵的野马。”祖父说，悲伤的表情浮上了他的脸。一匹高大的野马僵硬地卧在地上，丝一般的鬃毛垂下来盖着紧闭的眼睛。祖父慢慢弯下腰，“一匹母马。”他轻轻地说。

“它死了吗？”我颤抖着低声问。

祖父点点头，我的泪水霎时涌了上来。“可怜的马儿！”我哽咽着说，伸手去抚摸它头部火红的鬃毛。马的鼻孔突然发出一点声息，我的心急速跳动起来。

“它还活着！”我惊呼道。

“奄奄一息了。”祖父说，我看见他的手在颤抖。他打开第二袋干草，倒在地上，然后把袋子塞进他的裤兜。“把斧头留下，我们把马抬到车上去。”他说。

我赶紧把消防斧藏到了一棵树上，祖父深吸了一口气，然后弯腰抱起马的前身，我抓住后腿。就这样，我们半扛半拖着那匹奄奄一息的母野马，一路往回走。

回到我们的车旁，我觉得我的双手累得几乎要断了。祖父喘着粗气打开车的后门，然后我们把马抬上了车。

“这家伙真够沉的。”祖父说，我点点头，然后爬上车，坐在马的旁边。在回消防站的路上，我给马盖上一张旧毯子，抚摸它的鼻子，跟它说话。

“你会好起来的。”我说，“我和爷爷会好好照顾你的。”冻僵的马只是用无神的眼睛看着我，一动不动，但我坚持在它耳边轻轻地说话。

回到消防站时，野马似乎已经认识了我。它的眼睛亮起了光芒，心跳也差不多恢复正常，几个消防员把它抬下车。

“哦，我敢打赌它快要生小马了。”当大家都围在它身边时，一个消防员说。

果真这样，初春的一天，在消防站，母野马生下了一匹小野马。这个时候，它的名字不再叫冻僵的马，而是叫“火焰”，因为它头部火红的鬃毛就像火焰一样。“火焰”的孩子的头部则有一束白色的鬃毛，长长地垂下来，像一根冰柱。“我们就把小马叫作‘冰柱’吧。”我说。

三个月后，初夏的阿萨提格岛的上空漂浮着一朵朵白云，我和祖父再次来到了这个地方。我们一起走到车后面，给“火焰”和“冰柱”打开后门。

“再见，‘火焰’！再见，‘冰柱’！”我亲吻着母子俩头部的鬃毛说。

它们看着我，眼睛里充满了依恋，然后，它们一起飞跑了起来。我的双眼霎时涌出了泪水，心刀割般地疼痛。一会儿，“火焰”和“冰柱”就消失在了我和祖父的视线之外。许久，祖父转身笑着对我说："我们得去找我们的消防斧了。"

我深吸了一口气，问祖父："你认为我会有足够的钱在拍卖会上买到一匹野马吗？"

祖父哈哈大笑起来，"你还有六天时间来攒钱。"他眨着眼睛说。

我们按原来的路线走到那棵树下，找到了那把已经生锈的消防斧。这是我们发现"火焰"的地点。"还记得吗？"我颤抖着问。祖父点点头，然后我们就默默地站在当初"火焰"躺着的地方。

突然，一个喷鼻声打破了宁静。"野马！"我低呼道。说话间，又响起了一个喷鼻声，然后是一阵马嘶声，最后整个岛似乎都在震动。

十几匹野马飞奔而来，长长的鬃毛迎着风恣意飞扬。我的呼吸霎时停住了。我在它们当中看见了"冰柱"和"火焰"。它们看了我一眼，同时长嘶一声，然后和其他的野马一起隐没在树林中。

载于《读者》

人类与自然的高度和谐，是像朋友那样互帮互助。这种感人的画面，希望不要只在某种纪录片里才能出现。

不只是为了一只鹈鹕

文/庞启帆　编译

人应尊敬他自己，并应自视能配得上最高尚的东西。

——黑格尔

船靠岸后，我和儿子朱诺结束了在萨克拉门托河上一天的钓鱼活动。

一周前，我和朱诺发现了一处安静的钓鱼地点。那里不但安静，而且水流非常适合捕捞条纹鲈鱼。

那天风起时，我们已经钓了几个小时的鱼。河面在风中开始波涛汹涌，一艘艘小船从我们身边经过，驶向码头。

一艘大渔船的主人看到我们停在高高的杂草中，便放慢了速度，然后他掉转船头，驶进了我们的水域。令我意外的是，他在离我们20码的水面就抛锚了。然后我看见他向河里扔下10到15罐开了盖的狗食，很明显，他这样做是违法的。几分钟后，他就钓到了一条大鱼。

他再次上好鱼饵，站起来，甩出钓鱼线。这时，鱼饵从鱼钩上脱落，掉进了河里。一只不知从什么地方飞出来的巨大的鹈鹕突然俯冲下来，叼起了鱼饵。

大船上的男子在鱼钩上上好鱼饵，再次甩出了他的鱼线。

那只鹈鹕在鱼饵沉下水之前咬住了它。男子猛地收回鱼竿，鱼钩勾住了鹈鹕的嘴。

鹈鹕在男子把它拉回他的渔船时，扑打着翅膀抗争着。但一切都是徒劳，鹈鹕被慢慢拉离了水面。

“混蛋，你在干什么?”我大声质问那个男子。

他一言不发，只顾把那只惊恐的鸟儿拉回他的船。

我看着他与那只鹈鹕对峙，他腾出一只手，从身边的工具箱里拿出一把刀子。我以为他要砍断鱼线，所以我继续一言不发地看着他。突然，他抓住鹈鹕的脖子，把它的身体翻转过来。

“你要干什么?”我厉声喝道。

“这狗杂种不吃别人的鱼饵，偏吃我的，我要砍掉它这该死的鸟嘴。”

我抓起我的信号枪，把一颗子弹塞进枪管，然后指着他的船。

“把那只鹈鹕放进水里，我的意思是立刻!”

男子停下手中的动作，盯着我，但他并没有放掉鹈鹕的意思。

“你准备用那该死的东西来做什么?对付我吗?”他吼叫道。

我回头看儿子，他的眼睛睁得像一只茶碟那么大，脸上满是惊恐。

“儿子，打开无线电，呼叫海岸警卫队。”我告诉他。

但朱诺只是站在那里，一动也不动，他已经被这突如其来的情况吓呆了。

“我的意思是，如果你再动那只鹈鹕，我就立刻把这东西射进你的油箱。”我告诉那男人，然后扬了扬手中的信号枪。

我死盯着他，那个高大的男人站起来，面对着我。

“我的意思是，我会把这东西射出去。”我再次警告他。

他站在那里好几秒，然后弯下腰，又抓住了那只鹈鹕的脖子。我扳起信号枪的扳机，瞄准了他的船。

突然，男子把鹈鹕扔下他的船，盯着我看了一会，然后转身走到船头，启动了发动机，收起船锚。

我和朱诺看见他对我们竖起了中指，然后开动了他的船。

“爸爸，你会用这信号枪射那人吗?”

“我不知道，儿子，我真的不知道。”

那只鹈鹕绕着我们的船游了大约 30 分钟，然后飞上了船尾。当那只大鸟跳到船后座，开始吃我们用作鱼饵的凤尾鱼时，朱诺兴奋地叫了起来。

我们哈哈大笑，我打开冰袋，拿出一条小鱼引诱鹈鹕。令人惊奇的是，那只鹈鹕并不害怕我们。我把整包凤尾鱼都交给朱诺，然后坐下来看他喂那只鹈鹕。15 分钟后，我站起来，那只鹈鹕飞上船舷，然后飞离了船。

看到那只鹈鹕几乎飞在离我们三英里高的上空，我几乎不敢相信自己的眼睛。当我们启动我们的船时，鹈鹕发出了几声响亮的叫声，身体翻转着，然后越飞越高，我和朱诺看着它渐渐消失在远方。

雨最终没有下，风也停了，但朱诺脸上的笑容回到家也没有消失。

载于《意林》

任何生命都是平等的，哪怕是鸟类也一样。我们应当有这样的爱心和觉悟，在这些生灵受到伤害的时候，要勇敢地站出来加以阻止。如果整个社会都有了这样的意识，那该有多好。

世界上最丑的小猫

文/庞启帆　编译

不害怕痛苦的人是坚强的，不害怕死亡的人更坚强。

——迪亚娜夫人

第一次见到斯沃奇的时候，它正在大火中。那时我和我的三个孩子到小镇外的垃圾场去倾倒一周的生活垃圾。当我们靠近垃圾坑时，我们听见旁边浓烟滚滚的砾石堆里传来一声声猫的惨叫。

突然，一只被铁丝捆住的，正在燃烧的巨大的硬板纸箱爆炸了。爆炸声夹着尖利的猫叫，我们看见一只小猫火箭般“嗖”地蹿向空中，然后“叭”地落在已经烧成灰烬的垃圾坑里。

“妈咪，救救它!”3 岁的杰米喊道，她和 6 岁的贝基探头看着还在冒烟的垃圾坑。

“它不可能还活着。”16 岁的斯科特说。然而灰烬在动，烧得面目全非的小猫竟奇迹般地站了起来，再挣扎着爬上地面，向我们爬过来。“好吧，我们带它回家!”说着，斯科特蹲下身，用我的大手帕把小猫包裹起来。我很奇怪为什么它对于这增加的痛苦没有喊叫，也许它没力气再叫了。

回到我们的农场，我们就赶紧救治这只小猫。这时，我的丈夫比尔一身疲惫地回来了，他一整天都在忙着修整栅栏。

“爸爸，我们救回了一只被烧伤的小猫。”杰米说道，看到我们的新“客人”，他脸上立刻出现了那种熟悉的“噢，不，再也不要”的表情，我们把受伤的动物带回家已经不是第一次了。

尽管比尔不高兴，但他还是不忍心看着可怜的动物受苦。因此他总是帮助我们，为我们带回来的臭鼬、野兔和小鸟做一些笼子、栖木和夹板。但是，这次不同以往，这次带回的是一只猫，比尔一点都不喜欢猫。

况且，这不是一般的猫，它的皮毛都没有了，全身都是水疱或者黑乎乎的粘连的东西。它的耳朵没了，尾巴烧得只剩骨头。抓捕老鼠时迅雷般出击的利爪没有了，将会在我们车上留下“泄密”脚印的肉掌也没有了。除了那两只大大的钻蓝色的眼睛之外，身上没有什么幸存的地方使它看上去像一只猫了。那双眼睛在祈求帮助，可我们能做些什么呢？

忽然我想起了种在院子里的芦荟，听人说它具有治疗烧伤的功效。我赶紧到院子里剥下几片芦荟叶子，把充满黏液的芦荟用纱布包裹在小猫身上，并把它放进了杰米的复活节篮子里。做好这一切，整只小猫只剩下了一张小脸露在外面，就像一只破茧而出的蝴蝶。

它的舌头也严重烧伤，嘴里满是水泡，根本不能舔食食物。我们只好用眼药水瓶喂它牛奶和水。几天后，它可以自己进食了，我们把它起名为“斯沃奇”。

三周之后，我们种植的芦荟叶用完了，我们就给斯沃奇涂药膏。它的尾巴脱落了，全身一根毛也没留下，但我和孩子们都很喜欢它。

比尔不喜欢斯沃奇，而斯沃奇也讨厌比尔，原因是比尔吸烟。当他用打火机点燃香烟时，斯沃奇总是十分惊恐，在碰翻了杯子和台灯之后，一溜烟跑到了空闲的房间里有通风口的地方。这时，比尔就会叹气道："难道我就不能有一个安静的地方可待吗?"

一段时间后，斯沃奇的忍耐力增强了。比尔吞云吐雾的时候，它躺在沙发上看着他。一天，比尔对我吃吃地笑着说："讨厌的小猫让我觉得自己像是做错了事。"

斯沃奇的身体逐渐好转，它在姑娘们面前表现出的耐心让我们感到惊讶。我的女儿脱下洋娃娃的衣服和帽子打扮小猫，这样"失去耳朵"的缺陷就看不出了。然后她们把它抱到镜子前，让它看看自己是"多么漂亮"。

斯沃奇快满一岁的时候，看上去就像一只缝补过的旧手套。斯科特在朋友中间可出了名，因为她拥有一只在村子里，也许是在这个世界上最丑陋的猫。

斯沃奇渴望到户外玩耍，外面鸟儿、小鸡和花栗鼠的叽叽喳喳声吸引着它。每当给户外的动物们，如墨西哥狼、临时救来的臭鼬、各种蜥蜴喂食的时候，斯沃奇就蹲坐在窗台上，鼻子紧贴在玻璃窗上，出神地望着窗外，然而它最想接近的却是那些保护谷仓的家猫。但自从它失去了爪子的保护以后，我们不能在没人看护的情况下放它到户外。

偶尔，周围没有其他动物的时候，我们也会带斯沃奇到走廊走走。如果幸运的话，一只意想不到的金甲虫会误入走廊，从水泥地上爬过。这时斯沃奇会慢慢靠近，然后时而拍打小虫，时而把它踢来踢去，直到小虫四脚朝天翻躺过来为止。这时你会希望，小虫在被斯沃奇吃掉之前已被吓死了。

慢慢地，比尔成了斯沃奇最关心的人，这让我们全家都很奇怪。而且不久之后，我注意到了比尔的变化，那就是他很少在屋里面吸烟了。一个冬日的晚上，我看到了意外的一幕：比尔正坐在火炉前烤火，而斯沃奇竟蜷缩在他的膝盖上。

我还未开口，比尔尴尬地说道："它可能怕冷。你知道，它没毛了。"但是，我记得斯沃奇喜欢冰凉的地方，它总是睡在通风口前面或者在冰凉的砖地上面，也许比尔开始有点儿喜欢这只怪模怪样的小动物了。

但并非每个人都可以感受到我们对斯沃奇的感情，特别是那些从未见过斯沃奇的人。有谣言传到一群自封为动物保护者的耳中，于是有一天，他们其中一人找上门来。

"我们接到许多电话和信，"那个女人说，"所有这些热心的人们都在关心您家里一只可怜的烧伤的小猫。"他们说。说到这里，她放低了声音，"它在受苦，也许它应该被从痛苦中解救出来。"

我立刻生气了，比尔更是火冒三丈。"它是被烧伤的，没错。"他说，"但是您怎么知道它现在是在受苦呢？请注意您的用词。"

"过来猫咪。"我喊道，却不见斯沃奇。"它可能藏起来了。"我说，但我们的客人却不出声。当我转身看到她的时候，她的脸色灰白，嘴巴张开，手指指着一个方向。

我顺着她手指的方向看去，只见浑身无毛的斯沃奇藏在150加仑的鱼缸后面，它的个头似乎被放大了十倍，双目怒视来访者。样子让人望而生畏。透过这片绿色的水中迷宫，斯沃奇就像一头霸气十足的暴龙斜视着这位女士，它已不再是这位女士想象中的那只"烧伤的、痛苦的、可怜的小猫。"

斯沃奇张开嘴巴，露出长剑似的牙齿，在灯光下，这牙齿令人生畏地闪着光。很快，这位女士便告辞了。出门时，她的脸上已露出微笑，微笑中透出一份尴尬，但更多的是如释重负。

斯沃奇两岁那年，一件不可思议的事情发生了。它开始长出软毛来，是那种白色的小绒毛，比小鸡身上的绒毛还要软，还要好看。绒毛逐渐长到了三英寸多长，这使我们丑陋的小猫好像变成了烟雾般的一个小毛团。

比尔继续享受着斯沃奇的陪伴，尽管二者是那么的不协调——一个是饱经风霜的农场主，驾车四处奔忙，嘴里叼着一个并未点燃的烟斗，而陪伴其左右的却是一只毛茸茸的白色小生灵。比尔带斯沃奇驾车出去巡视牲畜时，为了斯沃奇舒服一点，总是为它开着空调。

斯沃奇三岁时，有一天比尔带着它一起去寻找失踪的小牛。找了几个小时之后，比尔下车去查看，车门没有关。牧场很干燥，草儿都已经干枯。一场暴风雨就要来临，找了好久还没找到小牛，比尔感到泄气了，随即不假思索地从口袋拿出打火机，旋动火轮打火。一点火星溅到了地上，几秒钟之后干草就燃烧起来了。

惊慌失措中，比尔把小猫抛在了脑后。后来火势控制住了，小牛也找到了，但比尔回到家后才想起小猫。“斯沃奇！”他急忙喊道。“它一定跳下车跑了！它回家了没有？”

没有，我们知道，在离家两英里远的地方它不可能找到回家的路的。更糟糕的是，这时外面已经大雨滂沱，我们根本无法出去寻找它。

比尔忧虑万分，不断地自责，我们知道斯沃奇无力对付那些掠食动物，第二天我们一整天都在寻找它，但是无功而返。

两周之后，斯沃奇仍然没有回家。我们都绝望了，因为雨季已经来到，鹰、狼、野狗这些肉食动物要养家活口。

紧接着，一场50年来最强烈的暴风雨袭击了我们地区。清晨，洪水蔓延几英里，一些野生动物和家畜被洪水驱逐到较高的地面上。

受惊的兔子、浣熊、松鼠和老鼠在等待着水退去。比尔和斯科特在深至膝盖的水中涉水而行，把叫个不停的小牛犊送到牛妈妈身边去，再把它们转移到安全的地方。

我和女儿正目不转睛地望着这一切，突然杰米喊道："爸爸，那边有只小兔，你能救救它吗？"

比尔涉水走到那只动物趴着的地方，但当他伸手去救那个小家伙时，小家伙恐惧地往后退缩。"我不敢相信，"比尔喊道，"是斯沃奇！"这时他的嗓音变了："小斯沃奇！"

当可怜的小猫爬上比尔的手掌时，我的鼻子一酸，眼泪再也忍不住地流了出来。比尔把小猫颤抖的身体放在自己的胸口上，温柔地跟它说话，同时轻轻地擦去它脸上的泥巴。而小猫蓝汪汪的双眼一直注视着比尔的眼睛，眼里透出一种无言的理解，它已经原谅了他。

斯沃奇又回家了。在我们为它洗澡时，它所表现出的耐心令我们感到吃惊。我们喂它吃炒鸡蛋和冰淇淋，并且使我们高兴的是，它看上去恢复了健康。

但是，斯沃奇从未真正强壮起来。在它刚刚4岁时，一天早上，我们发现它软绵绵地躺在比尔的椅子里，它的心脏完全停止了跳动。

我们用比尔的一条红色大手帕包起它的身体，把它放进孩子们的鞋盒中，然后在后花园埋葬了它。当晚，我在日记中写道：斯沃奇教我们学会了信任、友爱，让我们懂得了面对不可能的逆境时也不要失去希望。它提醒我们，不是任何外在的事物，而是我们内心深处的某种东西才能起决定性作用。

这些正是斯沃奇至今仍然活在我的心里的原因，对我来说，它永远是世界上最漂亮的小猫。

载于《小小说选刊》

生命的本质是：坚韧、执着、顽强、存活，最后传达的意义便是——温暖。这是生命的作用，用自己来感化其他生命！

春风化雨　润物无声

文/李迎春

教师是人类灵魂的工程师。

——斯大林

无论岁月如何洗刷，记忆里总会留存一些珍贵的片段，像一颗颗星光闪烁的宝石，串起你曾经的过往珠链，让你的生命折射出明丽的光芒。

在我欣慰地梳理自己的追梦之路时，不禁想到一位给我文学创作以启蒙的人——齐本成老师。

他是老家的一位中学教师，与我家有拐着弯的亲戚，我叫他姨父，但他更是我的良师益友。齐老师个子很高，宽肩膀，大脸庞，一双眼睛专注地盯着自己的脚前，像是在思考着什么，言谈时眼睛会有明显的变化，流露出睿智的神采。他性格内向，话语不多，为人憨厚，甚至有点儿迂腐。如果并不熟悉他的人，第一次见到他，会以为这是一位耕种土地的憨厚朴实的农民。他在教书育人的课堂上，勤勤恳恳三十载，学生遍布全国各地，可谓桃李满天下。

我还记得第一次和齐老师交往的情形。当时我刚刚喜欢上文学，听说他是当地小有名气的作家，收藏了很多书籍，便让他爱人，也就是我那个姨捎话，请他来我家。我想向他求教写作，借阅一些文学书。就在一个初夏的早晨，他在腋下夹着两本小说和一份自己写的文稿，佝偻腰，迈着他特有的大步来到我家。当时，正好爸爸妈妈要去上班，妈妈说："你和丫头聊，回头你走时，关上门就可以了。"然后忙着和他告别。听了我妈妈的话，只见齐老师满头大汗，语无伦次，匆忙放下手里的两本小说和自己的文稿，逃也似的离开了我家。当时我有点茫然，虽然我身体不便，不能走路。但并不影响亲戚朋友来访，我不明白姨父为什么要躲着我，我准备了很多问题要请教他，他怎么就走了，显然是不想和我单独聊天。也许是自己残疾的状况让他无所适从，我便在心里掠过一丝委屈，甚至觉得受到了伤害。事后我才了解到他不敢面对任何一个女性单独说话，一向对性别模糊的我，那一刻才明确地知道，自己是一个女性。

后来，除了齐老师，还有两位文友姐妹，我们成了经常交往的文友，大家互相借阅书籍。每当年底订阅文学期刊时，就互相商量，不重复订阅，这样大家可以互相借阅，看到多种期刊。由于我行动不便，我家自然就成为我们谈论文学与人生的场所。他们几乎每周都来我家，但齐老师会选择我爸爸妈妈在家时来。他一直躲避和我单独聊天，甚至躲避我对面的座位，好在我家房间足够大，可供他选择的位置很多。他一般坐在我看不见他眼睛的地方，称呼我的小名，似乎是在提醒我他是长辈。如果聊得时间晚了，他和几位姐妹一起离开时，他会抢先离开，避免和那两位姐妹在夜路上碰到熟人。

我们三姐妹在私下里，都可以说出两段齐老师迂腐的故事，令人发坏大笑。他就像相声里的蔫艮，并不抢戏却笑料十足。顽皮的楚涵妹妹最能"欺负"齐老师，有一回他们三人一起离开我家，大约晚上九点多，冬日的夜色已经很浓重，他出门后埋头快走，与楚涵妹妹玲姐拉开了距离，楚涵就喊："齐老师，你慢点走好吗？天这么黑，我们害怕。"齐老师说："前面有啥危险我挡着。"那一刻，他一定头上又冒汗了。

齐老师对人宽厚善良，从不清高自傲。每次他订的期刊来了，总会先送我家，等我看完，他再自己取回去看。有时候我觉得过意不去，求爸爸送还给他，他说有时间自己来拿。时间长了，我就心安理得地接受了他的好意。每次来我家，他都会把自己的藏书带给我两本，我就像仓鼠一样在他的配合下，尽情地啃食他书柜里的藏品。我拙笔写成的文字会毫无自卑地呈现给他，他也毫无保留地把写作知识传授给我，在他的指点和鼓励下，我的一些稿件便开始见诸报端。

我常常想，我对文学的爱好能一直坚持着，在很大程度上是受齐老师的熏陶和影响。他对文学创作的执着，已经到了痴迷的程度。在读大学时就开始写作，成家立业后，创作热情依然不减。他的妻子经商，无法理解他的爱好，更别说支持了，时而会闹出点不愉快。这一点也没有影响他对写作的热情。寒来暑往，他的写作都不曾中断，周围的环境也干扰不了他的笔耕。他几乎把所有的业余时间，都用在了读书写作上，别人玩扑克，他在一边安静地构思小说人物，同事聚集一起闲聊时，他心无旁骛地在一隅写他的小说。他用勤奋换来了他的收获，作品陆续在《微型小说选刊》《长春日报》刊登、获奖，并加入了长春市作家协会，还是一家文学期刊的签约作家。

齐老师对人谦虚，尽管教师的工资和妻子经商让他的家境足够富裕，花钱却很节俭，他的穿着打扮与他的教师身份并不相称。一位编辑私下半开玩笑地说，初识齐老师，很难了解他的知识层面，就像农村的房子，里面不管藏有多少金银财宝，从简朴的外表很难识破里面的内涵。

齐老师不善言辞，甚至有点儿木讷，极少流露出他为人的温情，就像有着粗糙外表的河蚌，将珍珠深藏于内心。与我认识了两年后，他才能够从容地面对面与我交谈，多数情况下是我请教什么，他就讲述什么，总是耐心地听我说完，然后细致地给我解答。

有一次，我因为什么事流了泪，正赶上齐老师来到我家，他看我伤心地哭，并没有劝慰的话语，只是坐在对面很关切地望着我，和我妈妈有一句没一句地闲聊，直到很晚了，等我平静下来，他才说了一句话："不管多大，都是孩子啊。"然后，告辞回家了。第二天，他找个借口又来我家，我知道他是来观察我的情绪，看着他牵挂却又无语的样子，我笑了，心里暖暖的。

2000 年，我随父母迁居离开了老家，也中断了交往四五年的文学朋友们。此时我才发现这份友谊的弥足珍贵。我常常怀念我们在一起读书、写作、交流的点点滴滴。

齐老师曾经给我捎来两本刊登他自己作品的书，我也回赠给他一本毕淑敏的散文集，这便是我与齐老师分别十多年的全部联系了。

怎么也没有想到，前天上网，一位做文学编辑的兄长拉我进了他的 QQ 群，在这个文友群里，大家都用自己的实名，我竟意外地见到一个非常熟悉的名字——齐本成。我有点不相信自己的眼睛，查看了一下资料，果然是他。

茫茫人海，几亿人的网络世界，我们竟然就这样重逢了，令我惊叹不已，也许上帝怜恤我，把那份亦师亦友的缘分再一次恩赐给我，让我尽享齐老师的润物无声，还有那十分珍贵的友情。

载于《青年博览》

一路上我们会遇到很多人，他们就是为了教会我们些什么东西才和我们相遇的。

花店的传统

文/凤　凰

知错就改，永远是不嫌迟的。

——莎士比亚

母亲节这天，汤姆坐飞机赶去华盛顿看望母亲。从机场出来，汤姆便坐上了进城的公交车。快要到达母亲家的时候，汤姆看到了一家花店，许多人都在购买康乃馨。汤姆正要买一束康乃馨送给母亲，于是便下了车。走进花店，汤姆见老板很忙，于是便自己选了一束康乃馨，然后递给老板一百美元。老板收了钱，随后掏出 50 美元给了他。汤姆将钱放进口袋，拿着康乃馨便往母亲家走去。

汤姆到了家门口，轻轻地按门铃。母亲听到铃声，匆匆跑来打开了门，一看到汤姆就笑眯了眼。母亲天天都盼着汤姆回来，这下可好，他终于回来了。汤姆把康乃馨递给母亲："妈妈，祝您母亲节快乐！"母亲笑着接过了康乃馨，连忙让汤姆进屋。康乃馨很美，但母亲并不在乎它，她在乎的是汤姆。只要汤姆回来看她，即使他两手空空，她也非常开心，因为，汤姆就是她最好的礼物。

由于汤姆回来得匆忙，只买了一束康乃馨，别的什么都没有买，于是他掏出钱包，准备给母亲一笔钱，不小心却将那50美元带了出来，掉在了地上。母亲见了，赶紧捡了起来。突然，母亲变了脸色："这是假钞！"一听假钞，汤姆就生气了：这是刚才花店的老板找给他的！花店的老板真不是人，居然拿假钞来坑人！汤姆抓过假钞，就要去找花店的老板理论。母亲见了连忙把他拉住。

汤姆说："妈妈，虽然这钱不多，但他这么做是不对的，我不能便宜了他！您就让我去找他吧！"母亲却不肯放汤姆走，她说也许这是别人给老板的，老板也毫不知情，才顺手找给了他，并不是诚心要欺骗他。况且，现在花店正忙，去找老板理论，顾客们听了，肯定会转身就走，这样，会影响花店的生意。母亲是个善良的人，处处为别人着想，她说的也有道理，汤姆只好停下了脚步。

接着，母亲问汤姆是哪家花店。汤姆告诉母亲，宾夕法尼亚大街的多格鲜花店。母亲听了说："哦，是这家花店啊。孩子，我跟多格非常熟的，就让我去找他吧！我去找他，好说话。"汤姆点了点头，把假钞交给了母亲。他想，这事让母亲去找他，他肯定不会赖账。不过，汤姆还是叮嘱母亲，去找多格的时候，说话要注意点，别惹人家生气，否则，人家不承认，自己也拿他没有办法。

中午，吃过饭，汤姆午睡，母亲出了门。汤姆醒来时，母亲已经回来了。汤姆问母亲，假钞的事怎么样了。母亲告诉他，她去找多格了，多格给了她50美元。汤姆点了点头。母亲说："假钞是别人给多格的，他放在了口袋里，不小心给了你，后来，他发现假钞没了非常着急，也不清楚找给了谁，还在门口贴了启事，希望得到假钞的人上门找他呢！"汤姆听了笑了：多格是好样的！

转眼间，十年就过去了。汤姆从佛罗里达州搬回了华盛顿，和母亲住在了一起。母亲节到了，汤姆去了多格鲜花店，当他选好康乃馨付钱的时候，多格却说不收钱。汤姆觉得很奇怪，他买了花，多格怎么不收他的钱呢？汤姆发现，大家都是选好了鲜花，拿着就走，没有一个人付钱给多格。太不可思议了！这到底是怎么一回事？卖花不收钱，那不是做赔本的买卖吗？于是他向多格询问。

多格说："十年前，我收到一张50美元的假钞，结果不小心把它找给了别人，发现假钞不见后，我一等再等，还贴出了启事，却没有人回来找我。为此，我心里十分不安，虽然我那是无心之举，但是我的无心之举却会伤害另一个人。后来，每年的母亲节，我都不收大家的花钱，我要永远记住这件事，吸取教训。同时，我还希望，所有的人都能拒绝假钞，让假钞不再在市面上流通。"

原来，母亲并没有来找多格。原来，多格真的是好样的。汤姆告诉多格，他就是当年那个收到假钞的人。多格听了握住了他的手，请他原谅自己。汤姆说："我早就原谅你了。以后，不要再这样送花了！"多格说只要花店还在，他就要一直送下去。汤姆点了点头，他知道多格送出的是一束束致歉的鲜花，更是一束束善良的鲜花。然后，汤姆回了家，一回到家就提到了花店的故事。

母亲说："我们这里的人，都知道送花的事。我找过多格，可他坚持要送，他说这是花店的传统。现在，我们这里根本没有假钞，人人都拒绝假钞，假钞根本没法流通。孩子，当年我并没有去找多格，我怕去了给他添麻烦。后来，我自己拿了50美元给你，是想让你知道，人世间还有真诚，还有信任。"汤姆点了点头。是的，人世间还有真诚，还有信任，花店的传统就是最好的证明。

载于《时文选粹》

无意中做错了事情，却要求自己用数十年的时间来弥补，人性的光辉再没有比这个更耀眼的了。每个人如果都有这样的品质，那真是善莫大焉！

我们有多诚实？

文/庞启帆　编译

即使开始时，怀有敌意的人，只要自己抱有真实和诚实去接触，就一定能换来好意。

——池田大作

一个温暖的星期六下午，在阿根廷的首都布宜诺斯艾利斯市的巴勒莫公园内，38 岁的管理员麦克罗·艾利斯正在例行巡查。这时他看到一张长椅上有一部手机，而长椅上空无一人。“肯定是某个粗心的人遗落了他的手机。”说着，他走过去拿起手机。就在这时，手机响了。艾利斯按下接听键。“是的，你的手机遗落在了巴勒莫公园。”他问手机另一头的女人，“你在哪儿？”

手机的主人告诉他，她在离巴勒莫公园五条街远的一个地方。艾利斯马上赶到她说的地方，把她遗失的手机归还她。

在世界的另一边，伦敦市索霍区的中央广场，另一部手机也被它的主人遗落在查理二世的雕像旁。在离查理二世雕像的不远处，一名身穿黑色夹克的 30 多岁的男子正在用面包喂鸽子。等一队日本游客走过之后，他马上抓起手机，然后谨慎地看了一眼周围，就迅速离开广场，走上了拥挤的牛津大街。他没有拨打手机电话簿上的任何号码。从此手机的主人再也没有见过这部手机。

在匈牙利的首都布达佩斯，一名靠领养老金生活的老人伊尔迪克·朱华斯兹在购物中心的入口发现了另一部正在响铃的手机。他捡起手机，跟失主通话，然后坐在一张长椅上耐心等候，直到失主来把它领回。“我归还我捡到的每一样东西。”伊尔迪克·朱华斯兹说，“有一次，我捡到了一张社会保障卡，我花了一周时间来寻找那张卡的主人，最终我找到了他，把卡归还给他。”

这几个镜头中遗失手机的粗心人都不是公众市民，而是美国《读者文摘》进行的一个实验。

《读者文摘》分派记者到 32 个国家，在这些国家人口密度最大的城市的繁忙的公共场所故意“遗失”总共 960 部中等价格的手机（每个城市派出 30 部手机），以此来测试人们的诚实度。

在每一个国家，他们隐蔽在一个地方观察了 30 部手机的遭遇，然后拨打这些手机，看是否每一个人都接听电话，捡到手机后是否按照他们已经输进手机的预设号码打电话给他们，还是把手机据为己有。他们故意“遗失”的每一部手机都是带 SIM 卡的崭新的手机，如果发现者把手机据为己有，他们允许那部手机归他使用。

最后，他们根据收回手机的数量排列每个城市的诚信度。虽然这不是一个科学研究，但是可以映射出一个普通人的行为，当他们面对一笔意外之财会做出怎样的选择：是想方设法归还它，还是自己保留它？

测试的结果，《读者文摘》一共收回了 654 部手机，占总数的 68%。其中，在斯洛文尼亚的卢布尔雅那市收回的手机最多，达到了 29 部，因而卢布尔雅那市被称为世界上最诚实的城市。紧随其后的是加拿大的多伦多28部、韩国的首尔27部、瑞典的斯德哥尔摩26部、印度的孟买24部、美国的纽约24部。就连垫底的马来西亚的吉隆坡也收回了13部。这是一个令人振奋的数字。“尽管诸多媒体告诉我们，全世界人民的诚信度正在下滑。”美国加州大学心理学家保罗·艾克曼说，“但通过这个测试我们了解到了一个信息，那就是人们需要信任和被信任。”

载于《格言》

诚实和信任，一直是人类发展不可缺少的优秀品质，诚实乃立身之本。只有诚信，才能获得更大的发展。

给别人爱的清凉

文/段奇清

人当活在真理和自我奉献里。

——庞陀彼丹

人总在努力释放心灵的空间。比如说，人是需要自我解嘲的，在特定的情况下，说一些诙谐的话，让尴尬退回去，让自信从容多起来。其实，有些打趣自己的话语并非是自我解嘲。

那是儿时一个夏天，母亲的脸上被马蜂蜇出了一个包。人们笑话母亲，说她天天躲在家里好吃好喝，愣是让自己长胖了。母亲却笑呵呵地打趣自己道："我这是让这张脸长出一个手掌能拿它捧水呢！"母亲这样说只因为刚刚发生过一件事。

那是一次在野外劳动，由于天气太热，劳动地点又不透风，有一位我叫她"黄婶"的人中了暑。母亲见状赶紧从溪沟中用手捧了一些水，要去喂给黄婶喝。

刚走到一片树林时，忽然钻出两只马蜂来，母亲本来可以将手握成拳头，去对付那些马蜂的。可母亲愣是不管不顾，只捧着那水急急地向黄婶跑去。马蜂有一个习性，人越是跑，它越是追着人蜇，母亲头上也就被蜇出了一个红红的大包。

只要你的手心充满关爱地展开，那水就停留在手心，你就能给人爱的清凉、生命的甘泉。要是你握成拳头，那关爱的水就会从每一条指缝间流洒出去——母亲的话就是这样的一种意思，她并非在自我解嘲，而生活中像这种不是解嘲的事时时会遇到。

那是十多年前的事了。一天，我正打算到大路上去，可我又折了回来，只因刚好有一个熟人在大路上走过来。原来那天我要捉住被一只野猫咬伤了腿的小麻雀，可麻雀扑棱棱飞进了我屋后不远处的树林中。

我跟着追进树林，一下子撞上了好几张蜘蛛网，一张脸顿时成了拔丝地瓜，或者说纵横交错的乡村地图。我退回来是为了不让那位熟人看到我那副“鬼画符”的脸。

哪知，当我退到林中，要从另外一条路回家去，刚一露头时，有一个人却叫了我的名字。看着那位熟人嬉笑的脸，未待他开口，我便指着自己的脸，打趣自己道：“我做了一次打劫者呢!”在朋友愣在那儿抓耳挠腮时，我便匆匆回了家。

我也并非是在自我解嘲，因为我一点也没有怨恨那蜘蛛网的意思，我确实做了一次“打劫者”。我知道蜘蛛网既是蜘蛛的谋生工具，也是它们赖以安生的家。我闯入它们的领地“缴”了它们的械，它们今天势必要饿肚子了；我毁了它们的房子，它们只能选择重新开始庞大、精密却令它们劳累的工作。

再说那只麻雀，每天有那么多的时间活跃在我家的阳台上，可我并不怪罪它们屙屎有时屙脏了我的阳台，而是只想着它们在我那居住的小区里筑起一个巢来是多么的不容易，而且还要受到天敌的偷袭和侵害。

所以，当你遇到一件事时，不要抱怨别人打扰你的生活，不要怨恨别人影响了你的情绪，要多为对方考虑。如马蜂蜇你，是因你刚好把它好不容易筑起的新房的基础破坏掉了；又比如中午时分，有叫卖声扰了你的清梦，可人家正有老人等着他挣一些钱去瞧病。让你不快的一件事，也许他们与你比起来，所受到的伤害、所遭遇的损失不知多了多少。

一个人是无法改变爱的本质的，一定要让心灵多一些与人为善的空间。爱是付出而不是期盼，爱是问询而不是强求，爱是既站在自己的角度，也更多地站在他人的立场为别人着想。如此，你自己也能有更多快乐与幸福的空间。

载于《青年文摘》

爱是奉献，爱是理解，爱是站在别人的角度考虑问题。爱不是占有，更不是强人所难。

第五辑

最好的感恩是传递温暖

不知不觉，一年又过去了，他已记不清接待了多少香客，反正他去四方化缘时，几乎没有施主不认识他的，都说悟静师傅是一位了不起的大师，要不了几年，也许就会成为世人尽知的一名高僧了。想想我们的人生，不也是在修行吗？只有在帮助他人中，自己的境界才能真正得到升华，在成为他人的一块“垫脚石”时，也让自己具有了一块美德的基石。

克莱德曼对“龟”弹琴

文/佟才录

大自然永远不会欺骗我们，欺骗我们的往往是我们自己。

——Rousseau

加拉帕戈斯象龟是世界上最珍稀的生物物种之一，它们一般能活 150 多岁，但由于受到人类活动的威胁，加拉帕戈斯象龟这一物种正处于濒临灭绝的境地。

在英国伦敦国家动物园，有一只名叫德克的雄性加拉帕戈斯象龟，今年已经 70 岁了，但由于对异性缺乏“性趣”，所以至今还没有“娶妻生子”，这可急坏了伦敦动物园的动物专家和工作人员。

因此，象龟德克的交配与繁衍后代问题，就成了动物园工作的重中之重。动物专家和工作人员们为此事，既焦急万分又头痛不已。

动物园的动物专家和工作人员曾经想了很多种办法：他们精心为象龟德克在国内挑选了两个异性伴侣，后来又为德克从保加利亚“引进”一只 13 岁的外国“小妞”——雌性象龟多利。

工作人员把德克和多利放在一起，期望它们朝夕相处、日久生情，能成为伴侣，并进行交配和繁衍后代。可是一年多时间过去了，象龟德克对年轻貌美的多利睬都不睬。这可怎么办呢？眼看象龟的最佳交配期就要过去了，如果今年交配不上，那就只有等待明年了。

一天，负责德克和多利交配繁衍的华人动物专家李希刚来动物园巡视观察德克和多利的“恋爱”情况，当时饲养员正一边给两只象龟喂食，一边听着随身听，随身听里正播放着法国著名钢琴家理查德·克莱德曼的钢琴曲《水边的阿狄丽娜》。

李希刚惊奇地发现，德克和多利听得如醉如痴，并慢慢向一起靠拢，耳鬓厮磨起来。李希刚欣喜若狂，他想，在中国早就有“对牛弹琴”的说法，而且很多中国奶农通过给奶牛听欢快的音乐，来促进奶牛产奶，收到很好的效果。于是，李希刚兴奋地去找园长，把他的这一发现告诉了园长，并提出给象龟听浪漫钢琴曲促进象龟“恋爱”。

园长和其他工作人员都感到可笑和不可思议，但因为实在想不出更好的办法，只好“死马当作活马医”，决定试一试。于是，每天，李希刚都播放一些钢琴曲给德克和多利听。李希刚发现，当播放浪漫的钢琴曲时，两只象龟就会彼此靠近，相依相偎在一起听音乐，而且它们尤其喜欢克莱德曼的浪漫钢琴曲。

动物园给象龟播放钢琴曲听的事，被伦敦媒体记者捕捉到，他们赶到动物园进行了细致的采访，并在英国最大的报纸《世界新闻报》的头版大篇幅刊出，世界各国的各大媒体也纷纷进行转载。

一天，法国著名钢琴家理查德·克莱德曼晨起浏览报纸，无意中看到了这则有趣的新闻报道，他看后马上决定为象龟德克单独举办一场钢琴音乐会。时年59岁的克莱德曼，不仅是一个世界顶级的钢琴家，同时也是一名动物保护爱心人士。在随后的一天，克莱德曼在与伦敦动物园取得沟通后，便起身飞往英国伦敦。

2013年2月7日，闻名全球的“钢琴王子”理查德·克莱德曼，在伦敦动物园内专门为德克和多利举办了一场特殊的私人音乐会。克莱德曼深情地演奏了他的著名钢琴曲《水边的阿狄丽娜》，钢琴曲一响起，浪漫的音乐就弥漫了整个伦敦动物园上空，而加拉帕戈斯象龟德克和多利也听得如醉如痴，十分入神。

一曲终了，克莱德曼抹了一把额头的汗珠，随后又为德克和多利演奏了《西区故事》和《罗密欧与朱丽叶》等浪漫的钢琴曲目。动物园的专家和工作人员惊喜地发现，随着曼妙的音乐声响起，德克慢慢向多利靠近，最后相依相偎，一派浓情蜜意。最后，德克终于爬上了多利的脊背，在优美的钢琴曲的律动下，愉悦地完成了交配。

接受采访时，钢琴王子克莱德曼说：他希望通过自己的音乐，为加拉帕戈斯象龟的交配营造浪漫温馨的气氛，使它们顺利交配并繁衍后代。同时也在向世人传播保护动物的理念，号召世界人民共同携起手来，永远保护我们的地球物种。

为一只象龟举办钢琴音乐会，不仅体现出了人类对动物的深切关爱，更展现了一幅人与动物和谐相处的美好温馨的画面。

载于《知识窗》

如果人和动物能够像朋友一样相处，如果我们对待它们能够多点人文关怀，那世界就和谐了。

最好的感恩是传递温暖

文/徐　伟

生活需要一颗感恩的心来创造，一颗感恩的心需要生活来滋养。

——王符

11 月 28 日是美国的感恩节，这一天，家家户户都为感恩节大餐忙碌着。节日的氛围和与家人欢聚的喜悦，令每个人的脸上都洋溢着快乐的笑容。大街上，路人行色匆匆。在人们的印象里，眼神里透着愉悦的，往往是往家赶的幸福人。而神情落寞，步子沉重，眼神游移漫无目的行走的，则是没人等待的孤单人士和无家可归的流浪者。

其实不尽然，在纽约，有一群人，他们是老人、孤儿、癌症患者、乞丐、单身人士以及流浪者，他们此刻正兴冲冲赶往曼哈顿公园附近的教堂。在那里，有丰富的大餐等他们享用。

瞧，感恩节大餐已经摆上了桌，每一份都有火鸡片、土豆泥、色拉菜、南瓜饼、小面包、绿青豆、果汁、奶酪、可乐等。这些，对于平日里饥一顿饱一顿的人来说，是多么丰盛啊！受邀者陆陆续续地到来了，见到餐点，眸子里立刻升腾起一束“小火把”，开心地享用起属于自己的那一份。

都说“天下没有免费的晚餐”，是谁大发善心准备的晚餐呢？这位爱心人士就是被誉为“美国好人”的斯科特·麦考利。他今年52岁，做这件好事，已经整整28年。媒体采访时有记者问，是什么动力促使他坚持了这么久？麦考利说：“感恩节是致谢的日子，我是为了答谢我的恩人，为了让生活困顿的人感受到节日的快乐，而不是窝在家里感到绝望或堕落。”

原来，麦考利曾有个幸福的家庭，父母很爱他。然而，在他16岁那年，做生意的父母不慎染上吸毒的恶习，生意也不做了，整日与毒友为伴。两年的时间便败光家财，在一次与毒友抢毒品的混战中丧生。18岁的麦考利，就成了生活无着落的孤儿，这让他深受打击，学也不上了，到社会上流浪。

那年感恩节特别冷，走在街上，衣着单薄的麦考利饥寒交迫。他多想吃喷香的火鸡、可口的点心啊！可那是不可能的。绝望中，麦考利想起流浪时一个小偷对他说的话：要想吃香的喝辣的，多长一只手就够了。当时麦考利可不想这么做，可如今顾不上那么多了，他想得到一些钱，买些好吃的来填饱肚子。

麦考利开始在熙熙攘攘的人群中物色人选，很快，他找到了下手目标，被他盯上的是位老人。这位老人正从大街拐向小巷，麦考利立刻去盯梢，想等到人少的地方再下手。

小巷很窄，里面基本没什么人，麦考利只要加快步子，从老人身边“挤”过，就可以得手了。可因为是初次吧，他迟迟不敢下手。又走了大概100米，麦考利忽然觉得老人的背影很像他死去的爷爷，他不忍心了，停下步子，呆立着。

正当麦考利踌躇不前时，老人突然回过头对他说：“你好，能帮个忙吗？”麦考利一愣：“什么事？”“是这样的，我夫人去世了，孩子们在外地工作，家里只有我一个人，你能陪我过感恩节吗？”老人说。“好啊！好啊！”麦考利又惊又喜，忙不迭地答应。

那天晚上，麦考利吃了流浪以来最饱的一顿饭，并在父母去世后第一次向外人吐露心声，他感到无比温暖。饭后，老人感谢麦考利陪他过节。末了，老人说：“知道我的孩子们为什么去外地工作吗？因为我……”老人用手做了个偷的动作，痛苦地说：“我只是在最无助的时候做了几次，孩子们就不肯原谅我了。偷窃是可耻的行为，哪怕走投无路，也不要做，否则生不如死。”

麦考利惊呆了：老人对他的企图竟然心知肚明！但整个席间，只字未提。老人是怕伤到他的自尊心吧？麦考利感动不已，下定决心再也不做丢脸的事了。

后来，老人通过熟人，帮麦考利介绍了一份工作，他也过上了有尊严的生活。麦考利非常感谢老人，节假日都来看望他，直到5年后，由于身体每况愈下，老人被子女们接走了。

麦考利对老人的帮助念念不忘，老人走后，他想以特别的方式感激他。他想到落魄时自己的绝望，想到老人给予的温暖改写了他的人生。麦考利决定，在万众同乐的感恩节，向缺少温暖的困难人群发放免费餐点，送去节日的快乐。这一做，就是近三十年。

麦考利说得真好，“感恩节是致谢的日子”。但他做得更好，最好的感恩方式，就是发扬爱心，传递温暖。

载于《文苑》

一个人最好的动力，就是怀有一颗感恩的心。因为感恩，所以向善，所以才会努力地为自己爱的人去拼命，感恩是一种美好的品德。

我差点忘记你也年轻过

文/麦　父

盛年不重来，一日难再晨。及时当勉励，岁月不待人。

——陶渊明

单位的QQ群里，有人发了一张老照片，让大家猜猜，照片上的人都是谁？

照片是从老报纸上翻拍的，虽然已经发黄，但不难看出，照片上的四个人，都非常年轻。发型很土，穿着也很土，有两个人的上衣口袋里，还插着钢笔。不知道什么原因，他们的照片登上了报纸，但那个年代，能上报纸，那可是一件特别荣耀的事情。

他们是谁呢？群里热闹开了。

有人率先发言，说这四个人，都是我们的老同事，除了一人已经退休了之外，其他的三人，依然和我们在一起工作。

有人先发了一个惊讶的表情，接着说，左边的第二个小伙子，那不是我们的刘总吗？

很多人附和，没错，就是刘总。没想到那时候的刘总，那么年轻，那么帅气，那么朴实啊，真的算是帅哥一枚呢。

啧啧啧啧，QQ上发出一片惊叹声。

刘总是我们单位的一把手，在我们的印象里，他和很多上了年纪的领导一样，威严、刻板、富态、不苟言笑，很多时候，特别是在布置的工作没能按他的要求完成时，训起人来，不留脸面，不近人情。尤其是他那张脸上，总是微微下垂的嘴角，让人看了就发怵，好像你永远欠了他什么似的。看惯了他拉长的脸，以为他天生就是这个模样，没想到，真没想到，刘总年轻时，也和我们一样喜欢笑，你看看，照片上的刘总，嘴角就是俏皮地上扬着，显得多么亲切啊。

有人又认出了其中的一个人，右一，那不是老郑吗？

大家再一细看，可不是老郑嘛！戴着眼镜，眯缝着小眼睛，好像在盯着什么看似的。眯着小眼睛，这几乎是老郑标志性的动作。他是我们单位的安全员，较真儿，不好讲话，但工作之外，一团和气，所以，和同事的关系，还算融洽。在我们单位的老人中，他这个年龄还做小职员的，几乎只剩下他一个人了。有人替他愤愤不平过，但也有人认为，他天生就不是个当领导的料。倒是他自己，对现状很满足的样子，一提到再过几年就要退休了，还总是一脸的舍不得。照片上的老郑，除了眼睛小了一点外，是四个人当中个头最高、模样看起来也是最俊俏的，简直可以说英气逼人，与现实中的老郑判若两人。

有人迟迟疑疑地说，最左边的，会不会是张主任？

张主任？怎么可能？张主任是我们单位最重要的一个部门的领导，也是我们单位体重最重体积最庞大的一位，而照片上的这个小伙子，那么瘦削，那么精干，这两个怎么可能是同一个人？

张主任自己说，没错，那个人还真是我。都快 30 年了，张主任感慨万千。

什么？这张照片是 30 年前的？QQ 上炸开了锅。

有人说，老郑，对不起，从认识你的第一天就喊你老郑，以为你一直像现在这么老。

有人说，张主任，没想到你年轻时也那么瘦，那么有型呦。

有人说，30 年前，我还没出生呢，他们就已经在我们单位上班了啊，真正的前辈啊！说完，发了一连串的点赞。

最后被认出来的，是那位已经退休的同事，大家追忆了很多关于他的往事。

因为这样一张发黄的照片，单位的 QQ 群上热闹了一个上午，引来了无数的感慨。而其中感慨最多的是，没想到，刘总年轻过，张主任年轻过，老郑也年轻过，他们的青春，都献给了单位。很多人进单位时，刘总就已经是刘总了，张主任就已经那么胖了，老郑就已经那么老了，我们以为这就是他们本来的样子，而忘记了他们也曾年轻过，青涩过，也帅气过。

我却忽然想到了我的奶奶。打我记事起，她就是个老太太了，仿佛她生来就是个老太太，满脸皱纹，嘴巴干瘪。她是个乡下老太太，年轻时没能拍过一张照片，没有留下过一点青春的证据。今天，在我也人到中年之后，我猛然意识到我的奶奶同样也年轻过，美丽过，就像所有的老人一样。

载于《情感读本》

每个人都会老去，这是自然界无法更改的法则。一些人已经消亡，一些人正逐渐老去。我们呢？我们也会。所以，最重要的就是看你怎么过好自己的一生了。

问 情

文/林振宇

如果感情可以分胜负的话，我不知道她是否会赢，但是我很清楚，从一开始，我就输了。

——《东邪西毒》

一

“问世间情为何物，直教人生死相许。”

许多年以前，我曾喜欢上一个女孩，就叫她“梦”吧。

初二那年，梦来到了我们班。不知道为什么，见到她的第一眼，我就有一种莫名的似曾相识的感觉，也许这就是人们常说的一见钟情。

梦长得标致，高挑的身材，清秀文静，留着一条粗黑的麻花辫子，像个淑女似的。她穿着朴实，又不太喜欢涂脂抹粉。我喜欢她的这种自然美，在我眼里，她就像一朵出水芙蓉，亭亭玉立。

梦是个有个性的女孩。我们上完补习班已经天黑了，别的女孩子要么家长来接，要么结伴而行，而梦却敢独自回家，她的与众不同引起了我的注意。

平时，我总爱不自觉地偷偷地看着她。当看到她和别的男孩子一起嬉笑时，我心里就不是滋味，是“吃醋”吗？我也说不清楚。

三年的学习生活就要结束了，同学们互赠留言，依依不舍。梦赠给我的留言是：人生的道路曲折不平，愿你在人生的道路上勇往直前，做一个真正的男子汉！

我把梦的留言珍藏在了心里。

初中毕业后，我考上一所技工学校，后来分配进厂，当了一名普通的工人。听说梦高中毕业后被招聘到当地电视台工作，我们的联系就很少了。

二

不知道为什么，记忆中梦的身影在我的脑海里由朦胧渐渐地清晰起来。她是我心中的一个梦，如幻如梦，美丽得那么缥缈，就像天边的云，飘浮不定。我的心里就像疯长的草，乱乱的，一种雾一样的忧伤笼罩着我，真想能见到她。

一个飘雪的日子，我们真的相遇了，万千欣喜，有好多话要说，竟不知从何说起。“你还好吗？”我关切地问梦。她淡淡地如丁香般地笑了笑说：“还行，你现在怎么样？”“凑合吧。”我说。我打量了一下梦，她留着一头短发，比学校时候的她平添了几分成熟的妩媚。邂逅是短暂的，但是，在我的记忆中，那个飘雪的日子既难忘又美丽。

此后，一种说不出来的烦闷时时困扰着我，不得解脱。日子过得百无聊赖。电视里传来了熟悉的音乐：“莫名我就喜欢你，深深地爱上你，没有理由，没有原因；莫名我就喜欢你，深深地爱上你，从见到你的那一天起……”我沉浸在这优美的旋律中。我仿佛又看到了梦。难道是我爱上了梦？这想法连我都不敢相信，梦是一只高傲的白天鹅，咱既没有显赫的门庭，又没有万贯的家财，咱是一名普通的工人，咱能配得上人家吗？难道爱也分界限吗？我想。鲁迅先生曾写过这样的诗句："我的所爱在山腰，想去攀她山太高。"既然是男子汉，就应该敢爱敢恨，勇敢地去攀登，哪怕万丈山高。我写了一封情书，向梦表达我的爱。

三

亲爱的梦：

你好！这是爱的宣言！许多年以来，我一直悄悄地把你思念！自从见到你的第一眼，心海便刮来飙风，起了波澜……"燕子时时叫，相思又一年。"春天是播种的季节，让我们播种爱吧，期待它生根、发芽……

不怕你笑话，我长这么大还是头一次给女孩子写情书，我坐在书桌前写这封信的时候，心情紧张得很，想了半天，搜肠刮肚，费了好大劲才写出来。我怀着忐忑不安的心情，偷偷地把信寄给她，不知道她看了信以后能不能接受我，心里嘀咕着。寄出的信如泥牛入海，让人心里没底，日子在度日如年中等待着。她的沉默令我困惑，是默许或是拒绝，我无从得知。为了心中的梦不再缥缈，我只有一封接一封地给她写信，我傻傻地坚持。因为她对我太重要了，如果没有她，我不知我的世界将会怎样。

我的爱就像一座沉默的火山，孕育太久就要爆发。我终于鼓起勇气，给她打了个电话，问她信收到没有，想见一见她。可能是紧张的缘故，听到我的声音，梦像一只受惊的小鹿，我在电话这边明显感觉到她接电话时的惊慌，"你千万别来，来了我也不能见你，我已经有男朋友了，上次请假就是去他那儿了……”我才不信呢。听朋友说，她上次去外地看她的父母。即使她真的有男朋友了我也不在乎，我可以被拒绝，但我也有爱的权力啊！爱让我成为一个真正的男子汉，在一个蒙蒙细雨的上午，勇敢地敲响了她家的门。

“咚、咚、咚”，敲门时，我的心紧张得都快要跳出来了。门平静得像一潭湖水，扔里一块石头也不能泛起水花。“咚咚咚咚”，不开门我就继续往下敲。大约敲了一个多小时，我的手指突然一阵疼痛，才知道手指被敲破了一层皮。我伤心极了。我真的太傻了，梦一定是怕见我躲了起来，我还蒙在鼓里。原以为能用我的执着和真诚敲开这扇门，但是我错了，这何止是一扇简单的门啊！这还是一扇用金钱、地位打造的世俗之门。该死的门！我狠狠地诅咒它，沮丧的我狼狈地逃离了那个伤心之地。

回到家里，我的衣服被雨淋透了，额头上的头发还滴着水。我拿起了笔，给她写了这封信：

昨夜，风吹落了花，雨打湿了双眼，一颗受伤的心流血了。原想给你春天般的爱，你却把我拒之在门外；原想给你深切地关怀，你却回报我一种伤害，爱你爱得好无奈，生活也失去光彩……

四

“问世间情为何物，直教人生死相许。”

都云相思苦，谁知此中味？我为她朝思暮想，魂不守舍，相思成疾，无药可医，我是不是太贱了？是不是每个男人在追求女人时都会变得又傻又痴？其实我也知道我这是一厢情愿，我和梦之间是没有结果的，但是我不甘心，我不能遇到点挫折就这样轻易地放弃她，爱让我不顾一切再一次敲响她家的门。

“咚、咚、咚!”“谁?”里面的人问，我没吱声。我知道这是梦的声音，她正从门上的“猫眼”往外窥视。“谁?”她又问。“你不是看见了吗，还问，把门给我开开好吗?我想和你谈谈。”她不但不给开门，还让我走，说她脾气可不好，再不走就打“110”。这吓唬不了我，我追求一个我喜欢的女孩子犯什么法了?我继续敲门，她的心真硬，就是不给开。我听到屋里传来的电视声很大，而且不断地在换频道。过了一会儿，梦终于开口了，说让我下午来，戏剧性的一幕拉开了。

我如约来到了她家，梦这次开门让我进去了。“这是我的男朋友”，梦向我介绍说。“认识你很高兴”，我微笑着主动和他握手。我坐在沙发上，梦礼貌地给我倒了一杯水，之后，她和那个男孩坐在我的对面，闲聊中得知，此人姓王，是刚走出校门的大学生，是梦的高中同学。由于他在场，我也不便说什么。其实梦没有必要把他找来，因为这是我俩的事，应该由我俩自己来解决，我静静地坐在那里，看着他俩在我对面有说有笑。从梦和王两人的眼神中，我一眼就看出来他俩是在演戏，因为情人之间的眼神是那种炽热的、含情脉脉的，而他俩没有流露出这种眼神，我敢断定，他俩只是普通的朋友关系。之所以导演这出戏，是梦一手安排的，她想让我相信她真的有男朋友，想让我死了这条心。他俩的这出戏演得并不精彩，漏洞百出，但我当时并没有揭穿它。因没有机会表达，我在她的一本书的空白处写了许多掏心话，还有这首《秋怨》：

今秋月正圆
愁绪满天

金玉难结缘
悲惨人间
一片痴情惹人怨
秋风瑟瑟吹心寒
人肠断
留下千古遗憾

五

走出梦的家门，我也说不清到底为什么如释重负。一段时间以来，我就好像做了一个梦，梦中追求一个女孩，让我身心俱焚。幸好现在，噩梦终于醒来，我从痛苦中得到了解脱。

后来听说梦嫁给了一个有钱有势的大老板的儿子。梦毕竟是一只金丝鸟，普通的笼子怎么能留住她？我不知道她和那位公子哥儿之间到底有没有真爱，但是，我还是深深地祝福她，因为爱就是给予。

问世间情为何物，直教人生死相许。

梦，如果有来生，我们可否再续前缘？

载于《情感读本》

每个人都有追求爱情的权利，付出了就好了，至于以后能否在一起并不重要。

让他人心灵之石光滑

文/梅若雪

德行是人人都赞美的，因为好人和恶人都可以从中得到对自己有利的东西。

——狄德罗

他一心要成为一名高僧，16 岁那年，他来到临水寺。

他想，临水寺大师众多，向每位大师学一点，自己的目标也就不难实现。在方丈慧能大师为他取了悟静的法名后，他便开始了自己的梦想之旅。

当天，悟静就一一拜访各位前辈及师兄。他知道要长见识，必须虚心、多看多思。在拜访完毕后，善于观察的他还真的发现了一个问题：方丈配给自己的石凳凹凸不平。

他对慧能大师说："方丈，能不能给我一个如师兄们一样光溜溜的石凳呢?"大师看了他一眼，很肯定地说："不能，别人的石凳开始时和你的也一样。"他略加思索地说："方丈，我明白了，俗话说，只要功夫深，铁杵磨成针，给这样一个石凳，是提醒修行的人，如要修成正果，必须下苦功夫。"

从此，天还没亮，师兄们还在睡梦中，悟静洗漱完毕，便捧起一本经书读起来。每读一会儿，他会用手摩挲一下石凳，看比先前光滑一些没有。见效果并不明显，他还特意在裤子的臀部位缀上一块粗棉布，坐在石凳上不那么疼了，于是他开始加大摩擦力量，重重坐，重重起。这样一年过去，石凳果然光滑了，可他并没成为大师，因为没有谁承认他。

悟静有些不明白，对方丈说："我的石凳光滑程度并不比大师们的差！"方丈看了佛案上摇曳着的灯火，问："灯火为什么会动呢？"悟静看了一眼打开着的窗户，说："是风吹火苗动。"方丈说："不是风动，也不是灯火动，而是心动。"

悟静终于明白，一年来自己只有一个念头：让石凳变得光滑，并没真正用心念佛修行，当然也就成不了大师。

他从库房中又搬来一个凹凸不平的石凳，悟静要重新开始。他只穿了一条单裤，坐在石凳上，开始时觉得挺疼痛的，由于一门心思读经修行，也就感觉不到疼痛了。这让他领悟到读经修行力量是强大的，而疼痛就像弹簧，你弱它就强，你强它就弱。

一年后，悟静盘点了一下，上一年只读完一本经书，而且还是囫囵吞枣，这一年竟然研读完了三本。

之后，他依然整天坐在石凳上，青灯黄卷，苦读苦思。春去秋来，又过了一年，悟静的头脑丰富了，石凳也非常光滑了。他想，这次应该称得上大师了吧！可依然没有人承认他，连香客们也不认可。

这次，他将几本反复阅读书角已经打卷的经书带在身边，来到方丈面前，说："我想向大师请教，这几本经书上的内容我已熟记于心，可不明白，我究竟离大师还有多远呢？"

这次方丈没说话，只是用眼睛看着寺内寺外来来往往的人。悟静回到住处，思考着方丈为什么不说话。经过一晚上的参悟，他终于明白了。

悟静又从库房拿了一个凹凸不平的石凳来，他要重新开始。坐在石凳上读经之余，他也会在丛林法会上做持香盒执掌烧香及行礼的“烧香侍者”；还去为住持起草往来文书，做一位“书状侍者”；接待照应住持的私人来客，做一位“请客侍者”……

除了这些，他还一改过去闭门念经参悟的做法，将禅房大门打开，在读经参悟时，一旦有香客进来，他就发扬慈悲，传递佛法，积极认真地为香客解惑答疑。正所谓教学相长，在为香客服务，让别人增长智慧，去忧解愁时，也让悟静真正长了见识，受到启发，且得到一份从来没有过的舒心和快乐。

不知不觉，一年又过去了，他已记不清接待了多少香客，反正他去四方化缘时，几乎没有施主不认识他的，都说悟静师傅是一位了不起的大师。要不了几年，也许就成为世人尽知的一名高僧了，当然他的那个石凳也变得比较光滑了。

修行就如一个石凳，不能只顾表面光滑，而是要从心灵打磨它。这还不够，不仅让自己的心灵光滑，还要去关注别人的内心，让他人的心灵也变得光滑起来。

想想我们的人生，不也是在修行吗？只有在帮助他人中，自己的境界才能真正得到升华，在成为他人的一块“垫脚石”时，也让自己具有了一块美德的基石。

载于《当代青年》

修行的本质，是心灵得到充实，让人格变得高尚。而这一切，都是从美德开始的，帮助别人，看似是施舍，却也是获得了心灵的升华。

有爱不简陋

文/清　翔

心灵不在它生活的地方，但在它所爱的地方。

——英国谚语

爱是最神奇的魔术师，即使再狭窄简陋，因为有了爱，在人们心中它也会是一个“大世界”。

2006 年，名校毕业，能说一口流利英语的毛菊独自来到北京，很快就找到了一份收入很不错的工作。若不是去欧洲，她也许会将那份得心应手的工作一直做下去。

2010 年，去欧洲的一位在剧团工作的朋友想推介中国的音乐和戏曲，让毛菊去做有关翻译及报幕的工作。剧团效益不错，毛菊的收入也相当可观，然而，她却要回国了。

原来，她有一位亲戚在北京打工，因没有时间照管孩子，孩子放学后，和同样没有人照管的一些孩子在一起，沾染了一些不良习气。不好好学习，还打架、偷东西，于是她决定回国做一些对孩子们有益的事。

经过一番思考，她决定让那些打工人家的孩子放了学后有一个去处，而她认为开一个图书室是最为理想的，既能将孩子们聚得住，也能对孩子们的思想境界和学习有所帮助。

接下来是选址。一番考察后，回到北京的她果断选择了草场地村，因为那儿居住着上千户外来务工的家庭。于是，她租了一间7平方米的房子，买书、买书架……

开始她以为用不了多少钱，没承想不到半年，她在北京和欧洲工作所有的积蓄就全都投进去了。她的这个图书馆免费开放后，便成了孩子们心中最神圣之地。以前孩子们口中多谈论的是谁的力气大，打架行；谁买了地摊上的奖票，得了什么奖……如今说的却是谁看了什么书，书中的哪个善良智慧的人物最吸引人。因此孩子们一旦放了学就呼呼地往毛菊阿姨的图书室跑。

毛菊让孩子们免费看书，他们也义务为毛菊阿姨做一些力所能及的事情。比如说，对四面靠墙壁书架上的书进行整理，有些孩子还轮流做图书借阅与归还的登记工作。其中有几个孩子做得特别认真仔细，她就奖励性地把几把备用钥匙交到这几个孩子手中，因此许多孩子都和毛菊成了推心置腹的好朋友。

有个叫姬捷的小姑娘曾对毛菊说："真希望人贩子把我抓走，活着好无聊。"姬捷的父母从农村老家到草场地村开了一家小饭店，每天起早贪黑地工作，没有时间多陪陪她，从六岁开始，姬捷每天的生活除了上学就是到饭店帮忙。

姬捷从有生活问题的小孩，演变成有思想问题的孩子，毛菊不敢掉以轻心，她要好好帮助小姬捷，除了开导外，她还给姬捷推荐了两本书：《我不愿你死于一事无成》和《千纸鹤》，两本书讲的都是坚强女性的故事。姬捷一看就喜欢上了，读了又读，心情逐渐变得开朗起来，越来越乐观积极。后来，姬捷还帮助思想上有疙瘩的小朋友们，给他们讲故事，许多人都说她比一些大人讲得都要好。孩子们非常感激：在这里，我们有两个最要好的朋友，一个是良师益友毛菊阿姨，一个是姬捷。

即将做妈妈的毛菊，打算生完孩子后重新开始接翻译的活儿，因为要当好“孩子王”，三年多来她没有再去工作，有时就接些翻译的活儿挣些钱来维持生活和图书室的运转。

有人和毛菊开玩笑说：“你这间图书室简陋得像一间厕所。”她说：“虽说简陋，对于这些打工人家的孩子们来说，它却是一个温暖的家，一个无比宽广的‘大世界’。”

“山不在高，有仙则名。水不在深，有龙则灵。斯是陋室，惟吾德馨。”有爱不简陋。狄更生说：“希望，是栖息于灵魂里的一种会飞翔的东西。”她给孩子们带来希望，也给了自己希望和寄托。而伟大的中国梦正待由无数个满怀着希望的人追梦不止，虽“简陋”犹“华丽”的中国人来完成！

载于《人生与伴侣》

这世界唯有爱，是可以让我们栖息的地方。有爱的地方，才是家。

山里人坐出租车

文/管笛琴

对人以诚信，人不欺我；对事以诚信，事无不成。

——冯玉祥

母亲是嫁到大山深处的，于是我就出生在那个出门就要爬山的地方。那里没有出租车，即使有出租车也是摆设，主要是没路跑。即使有路跑，山里人也舍不得花钱坐出租车。母亲原先是城里人，坐过出租车。她常常告诫我要好好学习，将来考上大学就到城里去，城里有出租车，你想去哪里，出租车司机就会把你送到哪里。

我常常想："出租车是啥，那么厉害？我一定要考到城里去，看看出租车，坐坐出租车。"有时累得不想学习的时候，我就想起母亲说的话，于是就拼命学习。

可是，天有不测风云。高三了，学习越来越紧张，我却全身没有力气，爬不了山路，上不了学了。山里的医生说他们没有见过这样的病，还是到大城市去看看吧。这下急坏了母亲，于是母亲只好带我到城里去看病。

到了城里，眼前的一切让我眼花缭乱。高高的楼房，大大小小的广告牌，满大街跑的都是车。我说我要坐出租车，母亲看着我，迟疑了一下，又站在路边，把手一招，一辆小车便停在我们身旁。那司机从车窗里探出头来，问去哪里。母亲说："医院。"司机说："上车吧。"上车后司机问："打不打表?""打表，打什么表？我没有戴表。"那司机回过头来看了母亲和我一眼。我赶紧说："我妈妈也没有戴表。"那司机哈哈地笑起来。母亲说："师傅，孩子不懂事，你随便吧。"

我正纳闷母亲的话，那司机又说："看样子你们是看病去的。算了，我不打表了，给你们便宜点。"这下我明白了，这个打表与钱有关。于是，我不好意思地把目光移到窗外，再不敢多说话了。到了目的地，母亲问多少钱，司机说："26 元。"母亲边掏钱边说谢谢，我吓了一跳，心想："26 元钱母亲要掐多少盘草编才能挣来？这城里的出租车也太贵了呀!"

去医院做了检查，开了药，医生让两个月后去复诊。

两个月后，正是农忙季节，母亲走不开。我病情好转了，自己能走动了，我说自己能行。母亲千叮咛万嘱咐，说找不到路就坐出租车，出租车司机哪里都熟悉。

到了城里，车水马龙的，我担心自己口袋里装的看病的钱丢了或被偷了，想快快到医院去。于是，我学着母亲的样子，在路边把手一招，一辆出租车就停在我身边。

上车后司机问："打不打表?"这回我多了个心眼，于是问："打表与不打表有什么区别?"司机说："不打表看情况给；打表嘛，按实际里程计费。"我赶快说："那打表吧。"

一路上，司机边开车边和我聊天，很亲切的样子，问了我很多问题，我也都如实说了自己的情况。

最后到了目的地，我问："多少钱?"司机指着计价器，上面显示 15 元。我对司机说："上次来的时候坐车没打表，我们花了 26 块钱呢!"

司机说："姑娘，出租车司机看山里人实在，就含含糊糊不给他们打表，想多收几块钱，你还真是多年来第一个让我打表的山里人。你的病一定会好，你肯定能考上大学！”

这是多年前发生在我身上的一件事情，如今，我们山里村村通了公路，也有了出租车，山里人坐车照样不会主动让司机打表。不只因为他们实在，而是开出租的也是山里人，收多少钱，在坐车与开车人的心里都有一杆秤。

载于《青年文摘》

天地之间有杆秤。城乡差距逐渐缩小的今天，是人民生活水平提高的表现。

悦己者王

文/许冬林

仍然坚持一些看似可笑的自我。

——李若曦

有一资深美女，极爱打扮。她的个性签名是：我打扮首先是悦己，至于是否悦了他人，并不在意。如果悦了你，也不过是件捎带脚的事情……

我说她是风媒花，古老悠久，生命强大又珍稀。无意于招蜂引蝶，一样花开浩瀚；一样把自己的美丽呈现给春天；一样代代繁殖，把芬芳播散到高山大谷、平原田畴。

悦人者众，悦己者王。

从前，女人总是处于下风口，没有存在感，于是低眉悦人。士为知己者死，女为悦己者容。梳妆打扮，是为了让他看着高兴。悦他人，从他那里谋衣、谋食、谋薄薄而善变的爱。

悦了几千年，只是人群里的一个普通的女人，只是万众之一。

这一回，不了。

这一回，做自己的女王。

从悦己开始，做自己的女王。

梳妆打扮，抹胭脂，擦口红，我高兴。我是让自己高兴，我宠自己。

不高兴了，今天上街，我照样素颜，短发齐耳好像雕塑里的刘胡兰。

如果你看到了这粉艳艳的容颜，恰好心下喜悦，只能说：你很幸运，恰巧碰上。

是啊，悦己，要的就是这腔调，就这样酷，突出“我”元素！

穿衣，是衣不惊己誓不休。

一回出门，我穿了一套麻质汉服。上衣纯白，腰间手绘一枝红梅；下裙麻黄色，层层叠叠，好像是用装红薯的麻袋缝的。

我穿了这样的一套衣裙横扫长街，迷惑了许多人。有人驻足侧目，以为我不同常人，把古装剧里的戏服偷来穿上，穿越回汉朝，找自己上辈子的情人；有人报以惊艳，目光追随我身后，直到我孤帆远影碧空尽；还有人，只把我当成一个笑话。

无所谓。

我自己是开心的，就好。用华衣悦己，无须他人懂得。

也有用才华悦己的人。一辈子，只做一件事，废寝忘食，甚至耽误姻缘也不觉憾。

有位画家，下放到西藏。同去的人，陆陆续续都回了城，只有他还在那里。他给骨灰盒画画，在那上面画松柏，仙鹤……即使在最卑微的事上，他依然不放弃自己，让自己始终在画着。

正在画着的他，内心是饱满的。

他不臣服于命运。在神圣的艺术面前，他头颅高贵，他是自己的王。

悦己，还是按照自己喜欢的方式活着。

我认识的一个姑娘，人长得娇娇怯怯，娴静少言，不想竟一个人背包去了西藏。更没想到的是，她单枪匹马游历了西藏的名胜古迹，感受了那里的风土人情之后，竟然留在了西藏。

她进了西藏的一所小学，在那里教藏族孩子汉语。她一年回来一趟，皮肤开始发红，开始粗糙。妈妈见了心疼不已，问她："一个人在西藏，辛苦吗？孤单吗？"

"有点辛苦，有点孤单。"

"那回来啊！"

"可是，也有快乐！"

那里有全世界最白的云，最白的雪，有全世界最蓝的湖水，最蓝的天空。那里还有最需要她的孩子，最爱她的学生……

在西藏，在最高最远的西藏，她觉得每天都活得充实，觉得自己是可以散发光和热的人，觉得自己是可以传递力量的人。

她按照自己喜欢的方式，决定人生航船的方向，即便有苦涩，有艰辛，但是看自己却是生机勃勃的，是花开灿烂的。

是啊，穿过浩瀚人海，听过褒贬声音。有一天，偶一低眉，想起珍贵的两个字：悦己。懂得悦己了，你就是生活的王。

载于《青年博览》

每个人都有属于自己的人生，所以才有了不同的活法。这有什么所谓呢？自己高兴就好，幸福就好。

枣树的旅程

文/范泽木

做人的要求是，你要成为地平线上的一棵大树。

——俞敏洪

初夏，在百花凋零后，枣树终于慢吞吞地抽新吐绿。叶子长了，花也开了。枣树的长叶与开花比其他植物更干脆直爽，不似桃花、梨花那般欲说还休，倒像一位阅历丰富的知性女人，淡然、从容。

不多久，叶子就绿成一片。枣树的花是白色的，只有米粒大小，总被绿叶掩盖，若不是嗡嗡的蜂鸣提醒，你会认为枣树只长叶不开花。枣树不把开花当回事，没多久，叶子就挤满枝头，花期过了，枣树便马上结出青涩的枣。

看到枣树，让我想到外婆。每逢家里人过生日，她总不忘煮一碗白花花的面，外加两个黄灿灿的煎蛋。但轮到自己过生日，外婆却不声不响，就算我们执意要让她烧点好吃的，她也会婉拒。

外婆家的枣树就长在门口的沙地上，说是沙地，其实是砂石堆。那地不适合种任何菜，也不适合种农作物，但外公又不想让地空着，于是就栽了一株枣树。他当时只想填补空地，不曾想枣树越长越大，越长越茂盛，到最后树干竟有脸盆口大小了。

几年来，枣树像个一丝不苟的军人，长得挺拔端庄。有一年，家乡遭遇了罕见的台风。一夜过后，村里不少人家樯倾楫摧，玉米、大豆什么的都乖乖伏地，桃树有的拦腰折断，有的连根拔起；梨树有倒地不起的，有一分为二的。万幸的是枣树竟然完好无损，只是因与台风进行了一夜的拉锯战，失去了往日的挺拔和端庄，显出一些狼狈来。本来站着的枣树，经过台风的肆虐，像老年人似的倾卧着了。

这已经很让人满意了，外公这么说时，心里有一些后悔，大抵是悔恨自己当时不该这么不认真地栽下它。

我和外公都没想到，几年后，枣树又慢慢恢复原形，于不知不觉间又站得挺拔了。对此，外公说了一句颇为有深度的话："一心想站好的树，它受不了倾斜的姿态。"

最快乐的当然是打枣子。在《平凡的世界》里，打枣子是盛况空前的事，全村老小一齐出动，坪子上热闹非凡。我的家乡不盛产枣子，但打枣子无疑是我家最快乐的事之一。

"打枣啦!"外婆在某个天气晴好的午后说。于是她和外公拿着被单，早早在树下等候，我爬上树，卖力摇动树枝。成熟的枣子迫不及待地往被单上掉，但总有一些倔强的枣子在树梢上不愿下来，我只能拿来竹竿强攻。一时间，枣子都抛却矜持，一股脑儿地往下掉，像活蹦乱跳的鱼儿。

枣子不会按部就班地掉到被单上，它们更喜欢钻到草丛中。于是，在把它们从树上赶下来后，还要把走失的一部分请到篮子里，这是快乐的时光。外公外婆脸上笑容灿烂，虽然落下农活，但也是毫无怨言的。

我们在过足嘴瘾后，会把红枣煮熟，放到秋阳下晒干，备着以后吃。逢年过节，外公会给亲朋好友送红枣，这让外公外婆感觉脸上增光不少。

我想："外公当年随手栽下枣苗时，不会想到多年后能有这么一天。"

我说："你这是无心插柳柳成荫。"外公说："那也该看我插的是什么，如果是百合、玫瑰肯定不行。"

我工作后，很少到外公家打枣子了。去年，我特意请假回了一趟家，老远的，我就看到了枣树，它像一位久违的亲友，在远远地招呼我。阳光下，火红的枣子挤满了枝头，好几年不见，枣树又长高了不少。我仿佛看到它庞大的根系正在向四处扩张，延伸至我的脚底，继而爬上我的身躯。我呆呆地看着，脑海里恍惚浮现出它成长的过程。

我知道等我们打完枣子，过不了多久，它又会甩掉树叶，开始自己新一轮的寂寞旅程。它总是这样，用长时间的沉默，给人一刹那的惊喜。

载于《知识窗》

如果有来生，我要做一棵树，站成永恒，没有悲欢的姿势。一半在土里安详，一半在风里飞扬；一半洒落阴凉，一半沐浴阳光。非常沉默非常骄傲，从不依靠从不寻找。（三毛）

品 格

文/雨 街

有德而富贵者，乘富贵之势以利物；无德而富贵者，乘富贵之势以残身。

——胡宏

去年我在“碧云天”喝酒时结识了一个朋友，姓王，按职务，他35岁已经是一个部门的副经理了，月收入7000多元，也有了自己的私家车。因为聊得特别投机，以后的交往就渐渐多了起来。

大概过了半个月的一天晚上，快10点了，王副经理来找我。从他踉踉跄跄的脚步及身上浓浓的酒气看，他显然喝多了。进门以后就一言不发地坐在沙发上。我问他怎么了，过了许久他才说，部门的正经理调走了，论资历，论业务水平这回转正的都应该是他，部门里的员工们也这样认为。谁知结果一公布，是他手下的一个姓孙的普通员工提了上去。从过去的领导者，一下子变成了被领导者，王副经理觉得无论如何也接受不了。接下来的日子他不是说姓孙的有些不够尊重他，就是说姓孙的有些独断专行，业务上的事习惯一个人说了算。

我仔细想了一下，发觉王副经理只要和我一见面，十句话有九句半说的都是那个姓孙的，我就说，你为那个姓孙的痛苦，但你又没办法离开这个环境，你为什么不学会接受，找准自己的位置，活出自己的风采来呢？

王副经理摇了摇头，说："我做不到。"

又过了半年左右，我接到王副经理的电话，他约我到"碧云天"喝酒，这次他的情绪更低落了，他说，孙经理为了表现自己，利用公司主要领导都去欧洲考察的机会自作主张签了一笔大单，没想到是个陷阱，给公司造成了巨大损失。

听了王副经理的话，我不免有些生气，质问他道："你是部门的副职，你有权利，更有责任站出来反对，这是你应该做的呀！你为什么不做？"

王副经理叹了口气，说："我也是一时糊涂呀，因当时抱有盼着孙经理出事的心态，怎么可能前去提醒他呢？更别说阻止了。本想孙经理这回要是下去了，自己就会有扶正的机会，没想到孙经理得到的是撤职处分，是可以重新再用的人，而我则被列入了没法再用的人，被公司除名了。"

"为什么公司领导会是这样呢？"我拍了拍王副经理的肩膀说，"你想过其中的原因吗？"

王副经理深思良久，好像一下子顿悟了一般，脸上也布满了往事不堪回首的痛苦。他说："每天我看着姓孙的一举一动，听着他的一言一行，完全是活在孙经理的阴影里，过去失去的仅仅是自己的风采，但这次他犯错误，我却视而不见，失去的是属于自己的品格。所以我一点也不怨恨公司领导对我的处理！"

我告诉王副经理，每个人都会有迷失自己的时候，只要学会找到自己，学会为自己活过，活出属于自己的风采，更活出属于自己的品格，脚下一定还会有属于自己的路。

载于《文苑》

每个人都有自己的路，不必羡慕谁，也不去嫉妒谁，做好自己的事活出自己的风采。不要因为一个人，毁了自己。

在二十岁之前，去二十岁之后

文/阿识学长

青年的敏感和独创精神，一经与成熟科学家丰富的知识和经验相结合，就能相得益彰。

——贝弗里奇

在我二十岁之后，每次朋友约我去 KTV，我都想编出很多个理由拒绝参加，我说我不会唱歌，不会喝酒，更不会聊天。我总觉得像我这样的一类人坐在 K 歌房里只看着别人尽情嘶吼、深情演唱、将酒瓶和易拉罐弄得哐当作响，会是一件特别尴尬的事情。

我会时不时看看手表，去去洗手间，将水龙头来回地拧开又拧紧。我就这样把自己弄得没精打采，然后躺在沙发上睡起觉来。等我被朋友叫醒时，天已经蒙蒙亮，大家都要散伙了。

有很多时候，我们明明知道自己不喜欢做某一件事，但我们还是会硬着头皮去喜欢。我们可以说自己没有主见，但我们绝对不能对别人说，你不要再强迫我了。因为二十岁之后，我们所面对的不单单是纯纯的友谊，更多的还是社交和资源。

长大成二十岁的人，内心确实是挺孤独的。我们一再强迫自己不能再像二十岁之前那样放荡不羁、热爱自由，我们明明骨子里讨厌抽烟和喝酒，却还是义无反顾地蹲在路边大口大口地抽吸起来。我们的真实想法就是因为风吹走了二十岁之前的云彩，才会被雨淋湿。二十岁之后的每一场雨都可以说它不解二十岁之前的风情。

我记得我二十岁之前，其实是一个特别喜欢唱歌的小男孩。每次班里上音乐课，即使老师没有拿麦克风又或是没有音乐伴奏，我也会将手举得老高，然后把书本叠成圆筒状，一飞到讲台上就扯破喉咙飙《青藏高原》。

我明明知道自己的嗓子不够清亮，吐字总咬舌根，但我还是会唱得激情高亢。有很多次，我唱着唱着就直接站在了老师的讲课桌上，我竟像一位歌唱家，又唱又晃，还指挥其他同学。没有一个同学说我唱歌不好听，虽然我跑调了，但我很接地气，我的歌声能给他们带去欢笑，留下深刻的印象。

也许，你活在这个世上已经唱了很多首歌，但你并不指望有一首歌能够等别人再听到时会想起你。这不是你的嗓子不好，音质不准，而是你不懂二十岁之前的我们。

我总说，二十岁之前的我们“坏”得透顶，我们巴不得学校每天停电，那样就不用再上晚自习，我们便可以在月光下张扬自己，唱起歌来。有很多人在白天会假装不会唱歌，但一等到晚上大家都开口了，他一定是那个坐在教室最后一排唱得最响的人，他实在是太压抑了。

我也总说，二十岁之前的我们整天乐不思蜀。周末一放学，我们就会成群结队地跑到网吧。女孩子喜欢玩 QQ 炫舞，她们会一边摇头晃脑，一边将音量上下来回地调拨。男孩子则对自己的 CF 战友爱之深又恨之切，他们总扛枪对骂，在耳麦里叫得热火朝天。我们真巴不得那小小的世界只有自己的声音。

如果不泡网吧，那我们肯定会跑到 K 歌房唱歌。那时，我们最迷恋的歌手莫过于许嵩和周杰伦了。因为学校的广播里总放他们的歌，所以我们总喜欢坐在教室里交头接耳，到底是许嵩的清新文艺范儿好听，还是方文山给周杰伦写得中国风歌曲好听。等我们到了K歌房时，才会惊奇地发现，原来许嵩和周杰伦可以唱得一模一样，因为麦霸总是一个调调。

在我二十岁之前，我也是个名副其实的麦霸。我总跟着比我高出一头多的一大帮同学，在一家开在胡同旁的K歌房唱歌。无论新歌老歌、民歌山歌、儿歌情歌，只要我能哼出一两句的，我就会拿着麦一会儿跑到左边哼哼，一会儿又跳到右边哦哦，真是不上不下，不前不后，又唱又读。如果有哪位同学说我故意影响他唱歌了，我一定会和他吵得面红耳赤。如果有同学说我是块音乐的绊脚石，即使我打不过他，我也会趁他不注意先给他一拳，麦霸是不允许输在别人后面的。

但在我二十岁之后，渐渐的，我发现自己不怎么爱唱歌了，我只单单喜欢一个人塞上耳机听歌。我越来越不喜欢许嵩和周杰伦的歌了，我反而越来越迷恋华仔和Eason，我觉得他俩的歌能唱出我二十岁之后的声音。

在我二十岁之后时，我想要一轮大大的圆月亮，然后我每天晚上看完书就可以盘起腿，坐在有风吹过的草坪上一动不动。不要问我为什么会发呆，也不要管我是自言自语还是偷偷流泪。说真的，自从我二十岁那天和一些人、一些事在K歌房告别之后，我就发现自己再也不渴望长大了。

曾经因为很喜欢唱一首歌，便发誓要快快长大保护她。可等到自己长大以后，她却已远走天涯，我看不见了。剩下来的时间，便一个人静静地听歌。

载于《疯狂阅读·高中版》

我经常想的一个问题是，关于长大，关于成熟，这些词汇背后的真相是什么？潜台词是什么？是规则吗？是屈服吗？还是别的些什么？可是我知道，在经历过社会浸染以后，每个人都会失去本来的面目！

第六辑

青春楼阁正斜阳

我依旧收听马蓝风节目，依旧从 9：30 等待他的声音。只是，我心里再也没有当初的风暴。因为我知道，他的心很瘦很瘦，已经住不进另外一个人了。院子里的雏菊又开了，青色的石板空了出来。夕阳普照楼阁，流云洒满天际。我握着棕色的毛笔站在三楼的阳台上，听到有一股名叫青春的风，无怨无悔地吹开了明天的日记。

假如灯熄灭了

文/孙道荣

世界上没有才能的人是没有的。问题在于教育者要去发现每一位学生的禀赋、兴趣、爱好和特长，为他们的表现和发展提供充分的条件和正确引导。

——苏霍姆林斯基

家长会上，老师开门见山地问，你们真正了解自己的孩子吗？有的家长点头，有的摇头，还有的点点头后，又摇了摇头。

老师说，前不久，在一次趣味班会上，我问了孩子们一个问题：假如到了晚上，家里的灯突然熄灭了，你怎么办？每个孩子都给出了自己的答案，我们先来分析一下孩子们的答案。

有的孩子回答说，叫爸爸修呗。

家长们都笑了。老师说，这样回答的孩子，说明他的爸爸很能干，是家里的顶梁柱，也是孩子心目中的“英雄”，这样的家庭，亲子关系比较和谐。但也说明了这个孩子依赖性比较强，平时遇到问题，出了什么事，都会首先想到自己的父母。如果这个爸爸在每次灯熄灭了的时候，也教会孩子自己去更换，那就更利于孩子的成长了。

有的孩子说，灯坏了，家里黑了，那我们就睡觉吧。

家长们又笑了。老师说，这个孩子是随遇而安型的，你可以说他是消极等待，也可以说他心态非常好，能够适应不同的变化，遇到挫折时能够沉得住气。在浮躁的社会，不焦不躁其实就是一个很大的优点。

有的孩子的答案是，灯坏了，没关系，我们可以点蜡烛啊。

老师说，这样回答的孩子，内心中往往有一种积极意识，善于应对突发情况，而且有一种创新的精神，总是有能力将看起来的坏事变成好事。这样的孩子，即使现在学习成绩不是特别好，但将来长大之后，在错综复杂的社会中，往往能够应付自如，而且会颇受人欢迎。

有的孩子说，灯熄灭了，赶紧请物业来帮忙修理一下嘛。

老师说，这个孩子，善于合理地寻求帮助，而且能够找到正确的，也是有效的办法。

有的孩子回答说，家里的灯坏了，我们就搬到旅馆里去住一晚。

家长们再次笑了。老师也笑了，她说，我估计这个孩子的家里，一定真实地遇到过这样的情况。这样的孩子，对新环境的适应能力比较强，一点也不惧怕外部环境的变化，有时反而乐于享受因变故而带来的变化。今后到外地上学，会很快适应。

有的孩子说，一个灯熄灭了，那就开别的灯啊。

老师说，我很欣赏这样的孩子。我的问题是，家里的灯突然熄灭了，你怎么办？这个孩子，他注意到我并没有说家里所有的灯都熄灭了。一个灯熄灭了，打开另外的灯，这是最简单，也是最有效的办法。这样的孩子，思路往往比较开阔，看问题常常能够另辟蹊径，找到与众不同而又简单可行的办法。

最后，还有个孩子是这样回答的，灯坏了，我就到森林里去捉萤火虫来照亮房间。

家长们忍不住哄堂大笑。

老师若有所思地看看家长们说，大家是不是觉得这个孩子的答案很可笑，太不切合实际了？但我一点也不觉得这个孩子的回答是可笑的。相反，我认为这虽然不是一个可行的办法，但却是最具想象力，最富浪漫情怀的想法。这样的孩子，往往很感性，多愁善感，我觉得她长大之后，很有可能成为一个诗人、作家。事实上，她已经表现出了这方面的潜能，她的作文，是我们班里写得最好的。

老师说：孩子们的回答，可谓五花八门，其实，这个问题没有标准答案，孩子们的回答也没有对错、好坏、优劣之分。我之所以将这次班会拿来与大家分享，是想让我们的父母明白，每一个孩子都有自己的天分，有各自的长处，无论你的孩子给出了怎样的答案，它都只是一个小窗口，一个帮助我们了解自己孩子的窗口。在孩子的座位上，有一张纸，上面记录着的，就是你的孩子的回答。

家长们低头读自己孩子的答案，陷入沉思。

最后，老师说，我愿拿其中一个孩子的回答，来与我们的家长共鸣：假如一盏灯熄灭了，那我们就打开另一盏灯吧。

载于《小小说选刊》

这个故事背后的深意，我想真的是意犹未尽的。当孩子面对问题来想应对方案时，就把孩子的综合素质表露无遗，可是最后折射的却是家长的教育。我想，每个家长都应该慎重地思考一下这个问题。

永远都在成长

文/孙开元　编译

一个人若是年轻而且孤独，完全专心于学问，虽然“不能自给”，但却过着最充实的生活。

——艾芙·居里

这里人很多，我都纳闷自己为何忙里偷闲来到这家商场散心。每当遇到难缠的事情，我的脑子又几乎变得麻木不仁，我就知道自己该歇口气了。

在我小时候，我们一家人喜欢在星期六的晚上出来逛商店，其实就是为了离开家一会儿。我们经常把车停在附近的购物中心外边，一边吃着喜欢的零食，一边看着来来往往的人们。

自从那时起，在这家商场里小坐片刻就成了我最惬意的时光。我不会坐太久，从不像个老爷子那样坐在这儿打起呼噜。我也不喜欢扎堆闲聊，只是吃点东西，养足了精神就离开。

不过今天正赶上购物高峰，商场里人声嘈杂。大厅里一共有三把长椅，我幸运地在一把椅子的紧边上挤了下来。

来这里的人老少都有，店员们来回忙碌着。突然，大厅里一阵骚动，一个12岁左右的漂亮小女孩跑到了坐在我旁边的那位女士身旁。女士说：“怎么不和我坐一会儿？”女孩看上去很文静，但随即开始发起了牢骚，显然是椅子上没有了地方，这让她很烦。

“可我坐哪儿啊？没有我的地方了。我倒是想……和大人一样……想开心……想有个位置！”小女孩说。

这不只是想找个地方坐的问题，是一个少女想要发现自我，在寻找一种归属感。

我刚想给女孩让出自己的座位，正巧，坐在女士旁边的一位老先生站起身走开了。他可能是不想掺和进去，但这对我来说却正是个搭话的机会。

“其实你不是只想找个座位，对吗？”我看着女孩说。

“什么？你在跟我说话吗？”她问。

“是的。”

“我确实是只想找个座。”

“我想起了自己在你这么大时也是这样，遇到这种情况就会受伤。”

“你受伤？出什么事了？”

“不是在身体上，而是心里受伤。我想融入生活，不只是在朋友圈，而是融入整个社会。我想看到一个真正的自己，那时候，当我站在镜子前，我都不知道自己看到的是谁。”

“妈妈，你看人家都知道我的感受。”女孩对她身边的女士说。

“先生，我也跟她这么说过，但因为我是她的妈妈，同样是这句话让我一说，她就说我是在讽刺她。”女士说。

“我理解，因为我有两个儿子，我也正发愁没法找到个会说‘儿语’的翻译。”我笑着说。

然后我又对女孩说：“我告诉你吧，这一切都会过去，不是消失，而是成长。人都会走出这些年少时期的烦恼，面对生活中新的挑战而变得成熟，然后变老，最终你会找到自己的归属感的。有一天，你会突然明白自己需要的是什么，但这个世界也像你一样会变化的，那些对于你来说曾经无比重要的梦想也许会淡去，因为你有了新的目标。有些事情你可能现在还看不到，但有一天它会突然出现。你在一生中会很多次面对镜子拷问自己，这对你是有好处的，因为你无法对镜子里的人撒谎，你无法假装成别的什么人，思想不会对你撒谎。”

“那我不是要苦恼一辈子了吗?”她问。

“不会，当你找到真实自我的价值时，你就不会苦恼了。信不信由你，苦恼也是一件好事。你就像一朵玫瑰，现在你还只是个成长中的小花蕾。现在的你正开始开出花朵，伸出的花瓣和你有同样的疑问：‘我要开向何方?’”我说。

“但我不想当玫瑰花。”她俏皮地说。

“说得好！由此你可问问自己：‘如果我是一朵花，我愿意作一朵什么花?’然后你就作那朵花儿!”

“但我成长得太久了!”她说。

于是，我给她讲了一个故事：“有一种叫作中国竹的植物，在种下后的头四年，无论你怎么给它浇水施肥，可它好像一点儿动静都没有。等到第五个年头，你再给它浇水施肥，不到五个星期，它就会长到90英尺高。”

“哇!”她惊叫起来。

“现在我问你，它是在五个星期里长起来的，还是在五年间?”

她想了一会儿，然后轻轻叹了口气，安静地回答：“五年。”然后又说：“我啥花儿都不当了，我要当竹子!”

众人都笑了起来，女孩转过身，和妈妈拥抱了一下。我站起身和她们告别，在拐弯时我转过身又看了她们一眼，看到小女孩这时也站了起来。我敢发誓，此时的她看起来比刚才高了许多。我想，也许她今天就成长了一点儿吧。

其实，人的一生都在成长。

载于《青年文摘》

是的，人的一生就是一个成长的过程，我们经常患得患失，我们寻找归属感，等等，都是在寻找自己的价值。

一支痛哭的金色钢笔

文/一路开花

我们平等地相爱，因为我们互相了解，互相尊重。

——列夫·托尔斯泰

这是我第五次在她的作业本上愤然留笔：“请用钢笔写字！”

她是班里的学生，念五年级，矮小、瘦弱，怯懦不堪。很多次，我真想在分发作业的同时，当着众人的面，狠狠地批评她，告诫她改用钢笔写字。但又怕这一个小小的举措，会刺伤她敏感而又脆弱的心灵。因此，我只好每每作罢，悄悄地在那篇被铅笔抹盖的纸页上，写下我要说的话。

她没有一次照做。一如既往地用铅笔打发着布置的作业。我不明白，为何在她文静纯真的背后，深藏着那么让人不可捉摸的倔强。

当我在她的作文本上再次写下那句老生常谈的话时，我决定对她进行点名批评。于是，那个阳光遍洒的午后，便有了这样一个让人倍觉心酸的场景——我一面踱着步子解析优秀作文的词句，一面时不时地用余光安抚在角落里默默流泪的她。

她开始躲我，不是面色仓惶，就是神情狼狈，像春花躲秋风一般，硬生生地要远隔一整个炎炎夏季。譬如，我明明见她在那头的路口独自朝我迎面走来，却会在猛然不经意的时刻里，恍然看不到她的踪影；明明见她在球场呼哧呼哧地拍着篮球，却会在旁人寒暄过后的视野中，唯剩一个篮球在空荡荡的地方跳跃；明明见她在厕所的出口耷拉着脑袋洗手，却在惊鸿一瞥之后消失，再度以为自己出现了幻觉……

我并未从她的躲藏中找到一位老师该有的威严。相反，我内心有了一股悲哀的洪流，随她的日渐成熟的躲藏而越发奔腾，直至波澜壮阔。

黄昏后的校园里，多了几分静谧与清冷。我独自在窗明几净的走廊上散步，猜想到底该如何化解她心中的惊恐与不安。

透过窗帘间的缝隙，我能看到她和她的同桌正喃喃地说些什么。那是一个皮肤黝黑的小男孩，家境颇为拮据，经学校减免过的学费都得拖上几个月才能勉强缴清。

我心怀期待地看着他们在空旷的教室里窃窃私语，可是又怕他们那片刻的嬉笑里有我的名字。正当我预备推门而入时，一幅永生难忘的画面瞬间雕刻在了我的脑海里。

她满目感激地合起手中钢笔，微笑着说了声谢谢。她把书包摊开，接过那支破旧的钢笔，轻轻地将它搁置在里面。那神色，如同手捧至宝一般。临行前，他略带豪情地说了一句："放心吧，这次你是用钢笔写的，老师不会再批评你了！"

金色的余晖透过渐渐宽大的缝隙，丝丝缕缕地交织在他们的脸上。在那一场童真的友谊里，我无法找到自己该切入的借口，只得暗自逃离。第二天，在宽敞的办公桌上，我看到他俩紧紧挨在一起的作业。同样的本子，同样的笔色，同样的日期。

市里举办长途赛跑的时候，他奋不顾身地报了名。接着，他毫无悬念地成为了代表学校去市里参赛的选手。

五千米的路程，对于台下这帮稚气未退的孩子来说，的确是一场艰难的耐力战。他在人群中穿梭，呐喊，坚持不懈。我和看台上的老师们一起，情不自禁地为他加油，鼓掌欢呼。他如一支离弦的箭，在临近终点的时刻里，一发不可收拾。

惊人的一幕终于出现了。他愣愣地站在终点线附近的跑道上，看着后来的选手们牙关紧咬，奋力冲刺。人群中一片哗然。没有人明白，在冠军唾手可得的紧要关头，他为何选择了止步。

当有一人冲过终点线后，他才狂喜高呼着奔向领奖台。毫无疑问，他受到了又是一例最严厉的批评。要知道，他所代表的是一所学校，而不仅仅是一个人。他的无人可解的行为，已经辜负了所有随行老师的希望。

那是我第一次对他怒吼、斥责。我以为，他是想用特立独行的方式来博得众人注视的目光。

“你明明能跑第一，为什么要在终点前停下来？你知不知道这是整个学校的荣誉？”我一遍遍地责问，让他顷刻间泪流满面。

“老师…第一名和第二名的奖品都不是一支钢笔！我…我只要一支钢笔。这样，我的同桌就不会再烦恼，也不会因为用铅笔写作业而受到批评了……”他呜呜的悲咽，尽诉了他在一路奔跑中所受的委屈。

我恍然觉察到自己的渺小与狼狈。面对这样一个不谙世事的孩子，顿然心生余愧。

校门口的喜报栏上，赫然写着他的名字和所获的奖品。我见过，那是一支多么精致却又痛哭不止的金色钢笔啊！

载于《读者》

我们经常犯这样的错误，就是不明所以自以为是地去怀疑和针对某个人，后来才发现是自己过于浅薄，并不了解对方的痛处。孩子的世界，总是那么单纯和美好！

绿拇指

文/庞启帆　编译

童年乃是人生的重要阶段，人的品性在童年开始形成。我们长大后成为什么样的人，取决于童年时的所学与所为。

——夏巴尼

我努力向我的小妹妹解释植物是如何种出来的：挖一个小坑，放下种子，填上泥土，浇水，然后种子发芽……

“瞧，莱妮，”我一边在一个小坑里放下种子，一边说道，“一株植物将由这颗小小的种子长成，我们要做的就是给它浇水。”

莱妮似懂非懂地点点头。

莱妮有一个小浇水壶，所以她可以帮我给花园里的花草以及刚播下的种子浇水。一天早上，浇完水后，她突然说道：“布莱德，我忘记一件事了。”然后，她跑到篱笆旁，开始给另一个地点浇水。我走过去，看见篱笆旁有一小堆新鲜的泥土。

“你种了什么？”我问。

“一支铅笔。”

“什么？”

她停止浇水，说道：“我的紫色铅笔变短了，所以我把它种了下去。这个法子可是你说的。”

“但是，莱妮……”

“要多久才能长出一支新铅笔?”

我本应该向她解释清楚，但是我嘟囔道：“嗯……我以前没种过铅笔。”

中午，我似乎有了一个不错的主意。我把莱妮的短铅笔挖出来，然后“种了”一支全新的紫色铅笔下去。

第二天，莱妮看到了那支新铅笔。“我的铅笔长长了!”她兴奋地大喊道。那天的整个下午，她都在用那支新铅笔画画。

几天后，莱妮又给同一个地点浇水。“要多久才能长出一支新蜡笔?”她问。

“嗯……呃……”

“我等不及了!”她咯咯地笑道。然后，她蹲下来，轻声说道：“蜡笔蜡笔，快点长，快点长!”

两天后，一支新蜡笔从泥土下钻出尖尖的头，向我表示感谢。莱妮跳着欢呼道:“它们就像花儿一样!”她拿起蜡笔，飞快跑回了屋。

接下来，莱妮“种”出了一把新剪刀、一个新汤匙、一面新镜子。当然，这些都是我花钱买来的“杰作”。不过，看到莱妮兴奋的样子，我也觉得很开心。

一天，我看见莱妮正在填土，我知道她又种下了某种东西。“这次是什么?”我问。

“是莫利。”

我倒抽一口气，莫利是莱妮养的金鱼。

“它又从鱼缸里跳了出来。”莱妮说，“我没有及时发现它。”然后，她拿起她的浇水壶，开始浇水。“布莱德，要多久才能长出一条金鱼呢？”

我没法回答。

“我猜用不了多久。”莱妮说。然后，她跪下来，轻声说：“快点长，莫利，快点长！”又一番祈祷后，她蹦跳着跑回了屋。

我一屁股坐在地上，背靠着篱笆，问自己：“这下该怎么办？你能‘种’出一条新金鱼吗，绿拇指先生？”

我想了很久，最后，我叹了口气。我知道我要做的只有一件事，我从我的房间里拿出了一些东西。

当我把一支短铅笔、一支几乎用完的蜡笔、一个旧汤匙、一面镜子的碎片和一把旧剪刀放在桌子上时，莱妮怔住了。“这是我的铅笔吗？”她问。

“我们得谈谈。”我说。然后，我把自己是如何把她的东西挖出来，如何把新的东西埋进去一五一十地说了出来。

“你是说我的铅笔根本不是长出来的！”她大声喊道，“还有蜡笔！还有……所有的东西都不是！”

“对，它们都不是长出来的。”我说道，“是我……”

“不！”她尖叫道，小脸涨得通红。然后，她用力一推，桌上的东西都掉在了地上。

“莱妮。”我轻声说道，“莫利也不会长出来。”

她的泪水喷涌而出，转身跑了出去，我觉得自己就像一个卑鄙小人。

我走出屋外，看见她正坐在埋葬莫利的地方。我也坐下来，说：“我做了一些错误的事情，真的对不起。”

莱妮把脸扭到一边。我继续说道：“瞧，你可以用种子种出东西，而不是铅笔或者剪刀，或者……死物。明白吗？”

“只能是种子吗？”她问。

“只能是种子。”我说，“对不起，莱妮。”

莱尼看着我，好一会儿，她才说道：“好吧，我原谅你了。”

我们给莫利举行了一个葬礼。然后，我们在莫利的坟上种下了一些“勿忘我”的种子，莱妮天天给它们浇水。

这天，我看到莱妮又拿着她的浇水壶走到花园的角落。我的心提了起来，喊道：“莱妮，你在做什么？”

“我在给你种东西。”她一边浇水，一边答道。

“是用种子吗？”

“当然啦！”她骄傲地宣布，“我正在种篮球。”

等莱妮回屋后，我赶紧把她种下的东西挖了出来。

那些“篮球种子”很小、很轻，它们的味道闻起来就像橘子。我笑了，重新把它们种了下去。

载于《读者·校园版》

孩子的心灵是美好而单纯的，正是因为这样，我们才觉得孩提时代是人生最美好的时代。

车上的母亲

文/王万龙

孝子之至，莫大乎尊亲。

——孟子

2003 年，我在云南省宣威市第六中学读高一。那时，父亲病逝刚满周年。母亲为了抚养我和年幼的弟弟，在家门对面的巷子里开辟出了一间小屋，用以养猪。

十几头日渐肥壮的白猪，在我的记忆中，如同一面面不停轮转的磨盘，将我悲苦的母亲团团围在中央。她只能无奈地站在那儿，任凭它们一口一口地吞噬残剩的气力。

母亲买了辆蓝色的三轮车，租了几亩荒地。由于废弃得太久，土质显得坚硬而又贫瘠。为了省去化肥和牛耕的费用，母亲每天五点起床，从城南到城北，将一车又一车的猪粪倒进地里，松土，混合，播下种子。

我很少有机会去地里。母亲不让我去，怕耽搁学业，而我本身也从未主动要求过。十六七的年纪啊，谁不曾爱慕虚荣过？就像母亲不管如何劝说，我都不肯以单亲家庭这个理由向学校申请补助和减免一样。

姨父的亲戚在城东火车站开了一家汽车修理厂，因为稍具规模，客源较广的缘故，每天都会有满满两桶泔水。

出于对孤儿寡母的怜悯，他们决定免费让母亲把这些泔水拉去喂猪。母亲乐坏了，每天中午刚从地里回来，便迫不及待地去修理厂拉泔水。两桶油腻酸臭的泔水，在宽阔的马路沿途散发着刺鼻的气味。

学校坐落在去修理厂必经的路上。那时，我正好放学。为了躲开母亲和那两桶使我难堪的泔水，我特意走另一条小道回家。母亲很少走这条小道，因为这条小道有一个极斜、极陡的坡。

我和母亲到底在这条狭窄的路上碰面了。她穿着沾满猪粪的黑色高筒水鞋，蹬着漆色败落的三轮车，拉着两桶令众人捂鼻狂奔的泔水急速前行。

显然，她正为蹬上前面那条使人望而生畏的大坡而做最后的冲刺。她没有看到我。我隐藏在一群蓝色校服的深处，模仿众人，捂住口鼻。

黑色的轮子在风中旋转得越来越慢。终于，在大坡的中途停了下来。母亲立起臃肿的身子，艰难地踩住踏板，试图阻止车轮向后倒退。

她回过头来，焦急地朝人群中搜索，看是否有熟人经过，上前出一把力。她认出了人群中的我，此刻，我和她虽近在咫尺，却深觉远隔天涯。

我低头拒绝了她用眼神发出的求助。她一个踉跄从踏板上跳了下来，狠狠地抓住车厢上的扶手，拼命往上拽。

此刻，她浮肿的背，弯曲得如同三月清风中的镰刀。她走得极慢极难，一步一落，像是要把冰凉的大地踩开。晶莹的汗珠顺着凌乱的头发顺次滴落，她的上身渐然与坡面平行……

就在我犹豫是否上前的瞬间，两个衣衫白净的少年，呼哧呼哧上前拖出了笨重的车厢。

那天，母亲始终没有说一句话，屋里沉静得如同黑暗的地窖。

几年后，我大学毕业。母亲终于因为腰肌劳损和骨质增生躺在了病床上。对当年的事，她照旧绝口不提，但我却无法忘记那条斜陡的坡和在三轮车上摇摇挣扎的母亲。

它们像一柄雪亮的尖刀，深藏在母亲涌出的热泪中，使我这么多年都不敢直视她的眼睛。

载于《情感读本》

年轻的时候，我们固执地认为，自尊心是最重要的东西，所以拼力呵护着，哪怕是跟最亲爱的人保持距离。可是后来才明白，一个不疼爱自己母亲的人，是没有自尊心的。爱，才是最大的自尊心。

幸福家庭的姿态

文/孙道荣

他是世界上最快乐的，因为他的家庭和睦。

——歌德

偶尔在网上看到一组全家福照片，与我们看惯了的全家人端端正正地坐在一起，或拘束地站成一排几排不同的是，这组照片中，好几张甚至连人脸都没有在画面中出现。他们是谁？长得什么样？完全看不到，但每一张照片，又都让人莞尔，一个个幸福的家庭，一张张幸福的脸盘，跃然电脑屏幕上。

印象最深刻的是这样一张照片，整个画面中，只有三只叠加在一起的手。最粗壮的那只大手，显然是爸爸的；中间细腻的手，则是妈妈的；而最前面那只胖嘟嘟的小手，不用说，是这个家庭可爱的宝宝的。爸爸妈妈的无名指上都戴着婚戒，两只大手，呵护着掌心里的小手。背景是橘黄色的暖光，让人心生暖意，你可以由此想象出很多日常生活中温馨的画面。我们用手创造生活，也用手相互抚慰，相互支撑，相互依恋。

另一张照片，是一家四口，站在台阶上，没有面部，没有表情，只有身体。最显眼的，是四个人穿在脚上的鞋。站在最前面的爸爸，和站在后面的两个男孩，脚上穿着的，都是长筒雨靴，而妈妈，则穿着单皮鞋和黑色的丝袜，手里拎着黑色的坤包。我在想，是爸爸带着他的两个儿子，刚刚从池塘边捕鱼归来，还是他们才浇灌了屋后的花园？是妈妈刚刚从商场为他们买回了生活用品，还是听到他们的声音，微笑地走出屋，迎接她的三位勇士？他们的生计也许有点艰辛，但这丝毫也未能改变他们对于生活的信心。

有一张照片，特别震撼，是一家三口手拉着手的背影，他们的面前，是黑色的天穹，以及闪烁的星团。他们在暗夜中，仰望流星雨。天际如此之大，壮阔无际，人显得如此渺小。可是，在浩瀚的宇宙之中，正是因为有了你，有了我，有了他，有了一个个虽然微小，却恩爱相持的家庭，世界才如此绚烂，如此精彩。我们手拉着手，我们肩并着肩，我们互相依偎，彼此温暖，人生才不会孤单，远离寒冷。一个家庭，就是天穹中一颗闪耀的星星，而千万个星星，就是世界，就是宇宙。

艺术感最强的，是一家五口的面部侧影，爸爸、妈妈、三个孩子，侧着脸，排成一条纵线，眺望着同一个方向，同一个高度。有意思的是，他们的脸型如此相似，几乎是一个模子倒出来的。他们的表情，一样轻松，一样微笑，一样淡定，也一样有趣。他们眺望哪里？他们看到了什么？我无法知道。但可以肯定的是，他们看到了一样的景色，一样的生活，一样的未来。

没有一张全家福，是正襟危坐的；也没有一张全家福，表情是僵硬地挤出来的；甚至有好几张照片，是压根没有脸部的。它们，有点抽象，有点夸张，有点搞笑，甚至有点无厘头，一点也不标准。但是，它确实是一张全家福，是一个家庭的合影，是一个家庭生活的某个侧面，某个瞬间，某个细节的定格，是最真实的记录。虽然甚至都看不见他们的脸，但我读出了他们的幸福和快乐，那是一个家庭，每个成员的幸福和快乐。

如果你的心是愉悦的、满足的、温暖的、幸福的，那么，你的手、你的脚、你的眉毛、你的头发、你的眼神、你身上的每一寸皮肤，甚至你水中的倒影和暗夜中的背影，就一定也是愉悦的、满足的、温暖的、幸福的，这就是幸福家庭的姿态。

载于《语文报》

家庭的和谐在于每一个成员认真地对待彼此，爱彼此。和谐的姿态就是，每一刻都是幸福的！

善修复，更美好

文/麝　兰

自我批评之于我们，简直就和日光、空气、水一样重要。

——斯大林

我们小时候，总在外面疯跑疯玩，所以无论男孩女孩，裤子的膝盖部位都经常被磨破。那时候大多数人家都很清贫，不像现在这样破了就扔掉，只能回家让妈妈修补。

有的妈妈不拘颜色形状，很随意地用一块补丁补上只保证不露肉；有的妈妈则会把补丁剪得整整齐齐，那样看上去比较舒服。我妈妈非常用心，常常把补丁剪成不同形状，有时候是朵花，有时候是颗星星，并且注意颜色搭配。于是，我补过的裤子会比从前更漂亮，让很多人赞叹不已。

人生在世，吃五谷杂粮，谁也不可能不生病；行走红尘，被各种意外侵袭打扰，谁也不能保证自己不受伤。这些身心磨损和创伤就如裤子上的破洞，几乎与我们如影随形，不断遭遇。

为了减少这些磨损和创痛的伤害，我们常常想未雨绸缪、千方百计地去预防、去回避。当实在无法躲避时，我们又总想求助于他人，甚至幻想奇迹出现，让那些创伤可以不治而愈。

可回避的结果，常常是避免了这种伤害，又会遇到另一种疼痛。把希望寄托在别人身上，终究是无法踏实。

与其消极地预防躲避，不如勇敢承受；与其等待依赖他人，不如反求诸己。

在与伤痛的较量中我们认识了解其本质，然后积极想办法修复治疗，让身心快速复原。与此同时，反思这些伤痛的因由，吸取这些伤痛的教训，那么，这些伤痛反而会增强我们自身的免疫力和抵抗力，让我们更清醒更客观，更柔软更坚韧。

为了让自己的修复能力更强，我们要多吃饭多锻炼，让身体吸收丰富的物质营养，锻炼更坚强的意志；要多读书多思考，让心灵收获更丰富的精神营养，使之恢宏而富有弹性。如此，才能更好地去修复身心的伤痛，更有效地解决那些不能回避的问题，才能完美应对那些突如其来的考验，让生命始终蓬勃、阳光、美好。

好的修补不仅是简单的复原，更是一种再创造。破洞上能够补出漂亮的图案，伤疤上也可以绽放绚烂的花朵。

善修复的人，风雨之后终将邂逅彩虹，伤痛愈后的生命可以更美好生动，甚至浴火重生，凤凰涅槃。

载于《知识窗》

生活和心灵的不断成熟与蜕变，在于不断地缝缝补补，也在于适时停下来补充养料，汲取水分，倾听指导。如此，你才会一次比一次从容，生活终将成诗！

低调脚步走出高品质人生

文/郭　利

低调的人，举千钧若扛一羽，拥万物若携微毫，怀天下若捧一芥。

——佚名

公司上下早就开始传闻，说要从总部调来的新女副总不是等闲之辈。据说她是名牌大学毕业，出身高干，气质能力非凡。等到千呼万唤始出来时，大家才意外发现她竟然毫无惊艳之处。

她漂亮不假，却衣着朴素，完全没有想象中的名牌裹身。并且笑容温暖，平易近人，根本不是传说中的不可接近。当然她一举手一投足都是端庄大气，处理问题亦是果决明快，有着智慧干练的职场风范。

时间久了，我们发现，她真是极好的女子。

她能和我们一起去吃路边小摊，并且兴致勃勃；也毫不介意地穿上与我们一起从淘宝上团购的衣服，一派欢喜。偶尔有人对她不满，在背后抱怨，她知道了，也只是一笑了之，从不会与之针锋相对。工作之外，她经常丢三落四，顾此失彼。比如手机随处遗落，开车迷路，逛街被拎包……她与我们没有丝毫不同，也是小女人模样。

开始我们还以为她是故意如此，后来才知道，她本来就是这样表里如一，简单率性的女子。

自然她在工作中也是极能干极优秀的。

有一次我随她出差，有了深谈的机会。我问她，为什么让自己看起来这么“泯然众人”，而不像其她优质女人那样光鲜亮丽呢？

她微笑，因为这样很舒服啊！其实，只有内心不自信的人因为怕别人轻视，才会介意外在的形象，才会刻意用物质来提升自己的品位；而真正内心强大的人是不会介意别人的目光，才敢于“素面朝天”，才不怕外表缩小自己。

原来，真正的美人不必炫耀自己的容色，自有遮不住的优雅风情；内心强大的女子会主动收敛锋芒，依旧有智慧灵光的展现。她们不介意一人一事的印象，不纠缠一城一池的得失，她们神态从容，意志坚定，用低调的脚步走出高品质的人生。

载于《女子世界》

低调体现内心的淡定和从容，浮夸炫耀的人大多都心灵无比贫瘠。

青春楼阁正斜阳

文/马丽华

你永远也看不到我最寂寞时候的样子，因为只有你不在我身边的时候，我才最寂寞。我爱美，君可知。

——史莱克·朴

一

马蓝风第一次来我家时，头发尚且很短，穿一件白纹灰底的T恤，清瘦得有些憔悴。

母亲一直在厨房里问姐姐，这小伙子身体应该没什么问题吧？乍一看，瘦得实在厉害，丫头，你可别让他学现在的小青年玩命减肥啊，吃好喝好才是正道理！

姐姐笑了，妈，哪有啊？他平时吃得比谁都多呢，可就是胖不起来，我有什么办法？

此刻，我正在三楼的阳台上写字。马蓝风坐在起风的院子里，微眯着眼睛。他坐在青色的石板上，周围开满了淡黄柔嫩的雏菊。

他仰头跟我打招呼，嗨，你是小雪的妹妹吧？我叫马蓝风。

他的声音和他的名字一样，有着与众不同的线条，密密麻麻，如雨似雾地在我心间落满了颜色。

马蓝风？我一直在心里默默念叨着这个奇怪的名字。他一直仰着脸，等待我的答案。后来，是姐姐替我回答了他。蓝风，那就是我小妹，不过她内向极了，很少说话。

饭桌上，母亲一直朝马蓝风碗里夹菜，说他太瘦了，得多吃点儿。马蓝风笑笑，露出一排洁白的牙齿。兴许是他过于清瘦的缘故，每每笑起来时，黑亮的眸子里总散发着一种若有似无的忧郁。

饭后，他遭到了母亲连接不断的炮轰。小伙子，你吃饱了没？在哪儿工作？家里几口人？父母都做什么工作？你和小雪将来有什么打算？诸如此类的问题，差点没把姐姐逼疯。

幸好她事先和马蓝风打过招呼，说我母亲向来有普查户口的嗜好，因此，从始至终，马蓝风都一直保持微笑。

马蓝风是当地电台的播音员，负责《青春风铃》这一栏目，每晚十点准时播出。

临别的时候，他一直朝我和母亲说，晚上十点，要是没事儿闲着，记得收听我的节目哦！

姐姐推搡着他说，算了吧，我妈离不开电视剧，我妹离不开电子小说，他们是绝对不可能抽空给你捧场的。

二

晚上9：30。

音乐之声栏目仍未结束，MP4里的电满格，姐姐在明亮的衣镜前梳理头发。

晚上9：45。

一段冗长的汽车广告翻来覆去地播了三次。

晚上 9：55。

月光爬进窗台，我躺在偌大的双人床上打开 MP4 里的电子书，耳机里等待的却是马蓝风的声音。

晚上 10:00。

浓重的树影斑驳地倾上被褥，马蓝风的声音如期而至。

大家好，我是蓝风，很高兴能在这个特别的时刻里与你会面……

透过扩音话筒和无法触摸的电波，马蓝风的声音显得更为缥缈与厚重，我的手指彻底停住了。

许久之后，睡在一旁的姐姐终于开了口，小妹，你睡着了吗？睡了没？

当她伸手要把我的耳机摘下来时，我瞬间慌乱得如同惊兔。我按住耳塞，故作镇定地说，没睡，没睡，我正在看小说呢。她笑笑，你今天看得也太慢了吧？那么长时间都不翻页。

我彻底沉醉在马蓝风的故事里。他的声音厚实而不老成，有一种青春洋溢的冲动。我清楚记得他那天朗诵的爱情故事，名叫《暗恋一阵无悔的风》。

我忘了他的节目何时结束，在听众互动的环节里，我彻底睡熟了。没人知道，从那一天起，我彻底迷上了马蓝风的声音。我每天把 MP4 的电充得满满的，只为确保能在那个特定的时间里听完他口中的动人故事。

我依旧把电子书打开，依旧忘记翻页，依旧习惯提前半小时等他。

三

马蓝风第二次来我家的时候，头发长了许多，眼神忧郁，特像漫画《幽游白书》里的男主角。

我站在三楼的阳台上写字，眼睛里的余光却一刻也离不开他的身影。柔软的毛笔尖在惨白的宣纸上走着杂乱的印迹，像我此刻凌乱的心。

姐姐和母亲进了厨房。马蓝风跑到三楼上找我，他说，你能不能告诉我一些关于你姐姐的小秘密？

他站在我的跟前，如同一棵笔直的红枫树。那些慵懒而又使我沉醉的声音，如同簌簌掉落的枫叶。风从他的背后刮来，卷着一股淡淡的茉莉香。

碧浪洗衣粉，我喃喃地说，不料，却被他听到了。他把头探向厨房的位置，扯着嗓子大喊，小雪，小雪，你妹妹和我说话啦！她鼻子好厉害哦，竟然知道我用的是碧浪洗衣粉。

我把头深深地埋进衣襟里，丝毫不敢动弹。他接过我手中的毛笔，轻言慢语地说，写毛笔字一定要学会如何控制手腕的力量，并且，要懂得善用笔锋。

说完理论之后，他摊开新纸，写了一个大大的“马”字。而后将毛笔递到我的手中，极为严肃地掌着我的右手，教我写字。

他的手指颀长，手掌宽厚，如同一只温热的手套，将我的小手紧紧圈住，我的手背上有一股陌生的暖流在体内疯窜。

不过是两个字的时间，我的手心里便溢满了黏稠的汗。马蓝风轻柔地放开我的手，把刚说的理论又重复了一遍，而后，转身下了楼梯。

浮光遍地的阳台上，我依旧痴痴地站在原地，手中握着棕色的毛笔。我一直不敢摊开手掌，一直不敢回头。我知道，那些细密的汗一定会暴露出我心里的全部秘密。

身旁，似乎还有残留的茉莉香。纸上，有三个我一直不敢读出的字，马蓝风。

四

我依旧躺在床上开着 MP4，只是，心里忽然多了一种前所未有的情感。马蓝风已有 45 天没来过这里，院子里的雏菊已经凋零。

这些天，一听到他的声音，我就有种想哭的悸动。他朗诵的故事，到处画满了我的影子，那些自卑而又内向的女孩，活脱脱就是我的写照。

我开始学着坐在窗下写日记，目的只为在这惊鸿一瞥的相会里多留些关于马蓝风的记忆。

马蓝风来的次数逐渐多了，因为姐姐和他已经走到了谈婚论嫁的地步。“五一”的时候，他和姐姐去海南度假，七天的分离，让我几乎走到了崩溃的边缘。

电台把十点的《青春风铃》全数换成了广告，无数的商家都想趁这个时机大卖大赚。我睡在宽敞的双人床上，忽然被孤独的洪流所吞没。

马蓝风回来的时候，皮肤黑了不少。不过，看起来却精神了许多。他打开黑色的旅行包，伸手从包里把东西一件件取出来，口中还礼貌地问候，叔叔，这是给你的；阿姨，喏，这是你的。

最后，他递给我一个超大屏幕的 MP4，咧着嘴说，小妹，这是特意送你的，我和你姐逛了好多家商场才选到它。你看，屏幕超大，很适合你看电子书，并且音质也很好。

马蓝风，你知道吗？那是很久很久之前的我。现在，我整月都看不了一本书。你知道为什么吗？因为我把所有的时间都用去等你了。

我给马蓝风的栏目组写了封信。为了不让马蓝风认出我的字迹，我特意去几里外的文化室做了一份打印稿。

马蓝风留下了我写给他的话，当他在节目里启齿念出我的心声时，我顷刻泪落如雨。

这世上，如果有一万人在10：00准时收听你的节目，那么，我便是这一万人中的一个；如果有一千人从9：30就开始等待你的声音，那么，我便是这一千人中的一个；如果有一百人因为你开始写日记，那么，我便是这一百人中的一个；如果有一个人，因为你而放弃了最初的爱好，并肯为你赴汤蹈火，那么，这个人便一定是我。

五

周末，马蓝风带姐姐和我去游泳。路上姐姐说，小雪你知道吗？蓝风的节目做得多成功，都有小女生给他写暧昧信件了。

我不会游泳，因此对深水区有一种莫名的恐惧。马蓝风说，要是我不敢放开胆量尝试的话，那么一辈子都只能是旱鸭子。因为马蓝风的话，我勇敢地随着姐姐进了深水区。她一面踩着水，一面伸手扶起我的肚子，教我游泳的技能。

就在我刚学会用双手扑腾的时候，姐姐的右腿忽然痉挛，她的声音像一枚硬币落入水中。而我，在失去了她的掌控之后，也迅速掉进了泳池深处。

微凉的水争先恐后地涌进我的鼻孔，使我头颅发麻。我想，马蓝风一定会救我，于是，我平静坦然地在水中等待。

的确，有一只强壮的手从背后抱住了我。当我在浅水区站稳，不顾疼痛的咳嗽，欣喜若狂地睁开迷蒙的眼睛时，才知道救我的不是马蓝风，而是一名在此工作的救生员。

马蓝风一脸焦急地站在岸上，不停地捶着姐姐的后背，他一遍又一遍地问，好些了吗？还难受吗？要不要坐会儿？

当姐姐抬头搜寻我的去处时，马蓝风才忽然想起，原来一同落水的，还有一个内向自卑的我。

我把头深深地埋进浅水区，马蓝风说，没事儿，你看她还挺会总结经验，趁热练憋气呢。马蓝风，你听过心碎的声音吗？如果你足够仔细的话，那一定会明白，我之所以那样，是不想让你看到我委屈的泪水。

我依旧收听马蓝风的节目，依旧从9：30等待他的声音。只是，我心里再也没有当初的风暴。因为我知道，他的心很瘦很瘦，已经住不进另外一个人了。

院子里的雏菊又开了，青色的石板空了出来。夕阳普照楼阁，流云洒满天际。我握着棕色的毛笔站在三楼的阳台上，听到有一股名叫青春的风，无怨无悔地吹开了明天的日记。

载于《意林》

暗恋是凄美的，更像是自己与虚空对话，自己的心事，自己的情感，对方都丝毫不会知道。可是，这便是暗恋最美的地方了。

父亲的肩膀

文/告　白

父亲！对上帝，我们无法找到一个比这更神圣的称呼了。

——华兹华斯

第一次骑在父亲肩头，我便想，自己何时才能长得像他一般伟岸刚强。

于是，在艰涩而又漫长的成长之路上，父亲成了我人生的标尺。每隔一段时间，我就要嚷嚷着走到他跟前："爸，别动，别动！你看，我很快就会和你一般高了！"

这样的岁月，终究如庭院中的春花一般，尽数落去。我不再与父亲比较，不再依赖他的肩膀，甚至，不再与他交谈。我们终于走成了中国式的父子关系，外表冷漠，内心热情。

对于我来说，他和母亲似乎就是两种不同的机构。他负责用戒尺和皮条惩戒我的一切冒失与错误；而母亲，则负责用热泪和怜爱庇护他所施予的所有责罚。

记得很多年前的夏末，我徘徊在楼顶上看晒陈年的谷子。隔壁院中的桃树，像一双张开的大手，越过高高的围墙，倾斜在午后的楼顶上。饱满的果子坠在茂盛的绿叶间，像暗夜里刺眼的彩灯，让人目不暇接。

躲在茂盛的枝叶背后，我内心出现了极大的挣扎。父亲平日的教诲与此刻躁动的情绪形成了两股巨大的波涛，使我茫然且不安。我不愿撇开心中的善念，却又不甘就此离去。那满树丰硕的蜜桃，像定格的底片，在我翻滚的脑海中浮动。

我到底还是将柔弱的双手伸进了随风摇动的绿叶间，父亲在楼下的窗内目睹了整件事情的经过。当日，我不但遭受了平生第一次最为严厉的毒打，还被父亲勒令兜着偷来的蜜桃上邻居家里道歉。

母亲从地里赶回时，父亲正扬着细长的皮鞭，预备将我就地正法。母亲夺过黝黑的皮鞭，哭闹着将我抱在怀里。由此，我躲过了极为严酷的下半场劫难。

我永远记得父亲说过的话，他瞪大了眼睛指着母亲："慈母多败儿!"印象中，这件事情便是我与父亲情感的转折点。我在潜意识里忽然发现，这个留着八字胡的和蔼男人，原来有着如此可怕一面。

没过多久，我便因高烧不退躺在了床上。母亲整日守在床前，嘘寒问暖。我当时虽然不曾对母亲提起，但心中却无比坚定地认为，这次重病的根源，八成就是没有吃到蜜桃还挨了打。

父亲背着我往城里赶的时候，我已被病痛折磨得神志恍惚。母亲说我一路伏在父亲的肩上都在念叨着桃子，桃子。

从睡梦中醒来时，只见周围一片惨白，我心里依旧想念着那些饱满的蜜桃。父亲低声询问前来给我打针的护士："他能吃蜜桃吗?"护士说："冷的不能吃，如果实在想吃的话，得用冰糖炖热了才行。"

几个时辰后，父亲从外面的路上赶来。他宽阔的肩膀上压着一只棕色网格的麻袋，袋中全是硕大的桃子。母亲到附近的饭店借了火，为我端来温热的冰糖炖蜜桃……

时至今日，我仍然记得当日父亲的肩膀，他让后来的我始终不敢逾越道德的雷池，去重犯童年的错误。对于叛逆的儿子来说，父亲的肩膀既是铁面的责罚，亦是牢固的爱与宽容。

载于《智慧背囊》

有些爱是沉默的，就像那远处的静静矗立的高山。父亲就像这些高山！

暖透一生的奶酪

文/崔修建

爱是生命的火焰，没有它，一切将变成黑夜。

——罗曼·罗兰

她曾暗暗地喜欢过他，但一向自卑的她，从未跟任何人袒露过这个秘密，只是把一份清纯的情感永远地压在了心底。

那时，她和他在那所教学水平极其落后的乡中学读书。她是他的前桌，但两人几乎没说过几句话，因为她那时平凡得实在是太不起眼儿了，成绩优异的他却一直是老师和同学心目中的焦点。

后来，全班唯一考入县城高中的是他，自然他也是全班唯一的一个大学生。再后来，他考上了研究生，去了美国。这期间，他和许多同学都断了联系。

初中一毕业，她便开始年复一年地伺弄那几亩责任田。20岁那年，她听从父母的安排出嫁了。她嫁的那个男人懒惰又好喝酒，还时常粗野地打她，打得她身上青一块紫一块的，让人看了心疼。

在一个炎热的夏日，她那喝醉了酒的男人，失足跌落到村外的一条小河里溺水而亡。后来，她又嫁给了一个老实巴交的男人。安稳日子没过上一年，她的第二个丈夫又不幸在翻山抄近路回家时，被采石场突然炸响的哑炮掀起的石头，砸中了太阳穴，连半句遗言也没留下，就匆匆地撒手而去。

这时，她已是两个女儿的妈妈，小女儿刚刚满月。守着两间破败的草房，加上一大摊子外债，日子窘迫得让她看上去比实际年龄要苍老十多岁。

村里有人背后说她命硬、克夫，她也惶惑：自己的命咋这么不好？怎么连一份艰难的日子也不让自己支撑下去？

偏偏在这个时候，更大的不幸又降临到了她的头上——她被检查出患了严重的肝炎，医生叮嘱她一定要少干重活，还要抓紧时间治病。要不然，恐怕……面对那冰冷的诊断书，她欲哭无泪。

在那个飘雪的冬天，她木然地徘徊在村边的冰河上，心冷得如拂面的凛冽寒风。是女儿那一声声急切的呼唤，让她揩去眼角的泪水，拖着沉重的身子走回家中，点燃潮湿的柴禾，给漆黑的小屋添一份暖意。

这个春节该怎么过呢？无法挥去的愁绪缠绕在她的心头。

傍黑时分，村长大声嚷嚷着，给她送来一张寄自美国的贺卡。那是一张十分精致的贺卡，上面画了一块大大的奶酪，还有两行充盈着诗意的话语——真情如奶酪，芳香永远飘逸在岁月的深处。

哦，是那个不曾忘怀的他寄来的漂亮贺卡。他的一语简单的问候，宛若一缕温馨的春风，吹入她几欲绝望的心田。捧着贺卡，她的眼角一阵灼热——这么多年了，难得他还记得她这个同学，记得给这个藏在山旮旯里的“丑小鸭”送上一份真诚的关心和祝福。

“妈妈，这是什么？”四岁的大女儿指着贺卡上的奶酪问道。

“这是奶酪，很好吃的一种东西。”其实她也只是听说过，从未品尝过奶酪的滋味。

“那我们什么时候能吃到奶酪呢?”女儿的眼睛里闪着渴望。

“会的，我们会吃到奶酪的，妈妈一定让你们早点儿吃上奶酪。”她紧紧地把一双女儿揽在怀里，一个热烈的希望开始在心头荡漾。

没错，就是那突然而至的一张贺卡，那一语久违的问候，让她骤然感觉到被关切的温暖，感觉到眼前的生活远非自己想象得那样糟糕，还有很多美好的事情等着她去做呢。

一番思虑后，她拿出家中全部的积蓄——50 元钱，买了两对种兔，开始圆一个大大的、又是真切无比的梦，她的勤劳和坚毅，终于感动了上苍。三年后，她成了全县有名的“养兔大王”，100 多平方米的大房子盖了起来，银行里的存款已突破了十万元，她的病也在北京彻底地治好了。

那天，她领着两个女儿，走进了省城的一家精品美食屋，第一次“奢侈”地买了两大盒奶酪，母女三人欢欣地品尝了起来。

味道真是好极了！那股特有的芳香，只有她才能品味出来。

坐在布置得漂亮的卧室里，拧亮台灯，她再次打开他寄来的那张贺卡，轻轻地抚摸着那块诱人的奶酪。她眼睛湿润，喃喃自语道：“谢谢，谢谢老同学，是你冬天里那一句温暖的问候，才让我拥有了今天的这一切……”

这是我最近在回乡的列车上听到的一个真实的故事。在细细地品味时，我蓦然发觉：在我们平凡琐碎的生活中，多么需要那样濡染心灵的情感奶酪啊！如果人人都能慷慨地馈赠他人一份真情，那么我们眼下的日子里，又该增添多少奶酪一样的芬芳呢……

载于《特别关注》

赠人玫瑰，手有余香。一份爱心就是一场心灵的洗礼与感化，让人们如沐春风，让生活如奶酪般芳香。